夏休み

中村　航

集英社文庫

この作品は二〇〇六年六月、河出文庫より刊行されました。
本文デザイン／成見紀子　本文イラスト／宮尾和孝

夏休み

結婚してこの人と暮らすようになった。

この人というのはユキのことじゃなくて、ユキの母親のことだ。

ユキは外に仕事を持ち、僕は家で仕事をする。だから僕らが結婚して以来、最も一緒にいる時間が長いのは、ユキの母親ということになる。

ユキはこの人のことをママと呼ぶ。それは言葉をしゃべるようになってから、今まですっと変わらない。

◇

だけど『おかあさん』と呼ぼうとしたことも、あるにはあるという。

小学校に上がる直前、幼稚園内に〝もうママと呼ぶのは卒業〟という空気が流れた頃のことだ。『おかあさん』と口に出して言えるお友達は得意気にそれを連発し、少数派になってしまったママ派にプレッシャーをかけてくる。

「はい、今日はお母さんの絵を描きましょうねー」

信頼していた先生までもが、そういうことを言う。

このままではいけない、とユキは思った。ユキは家に帰って一人になると、黄色い洗面器に描かれた『メグたん』を見つめ、それに向かって練習をしたという。

おかあさん、おかあさん、おかあさん、おかあさん、おかあさん、おかあさん、おかあさん……。


でも無理だったわ、とユキは言った。

――私には無理だったの。


現在。

ユキが目を閉じて「おかあさん」とつぶやくとき、ユキの心は黄色に満ちる。洗面器の黄。一面の黄色。黄色い平原から、ゆっくりとメグたんが浮きあがる。少し色がくすみ、ところどころ輪郭が剝《は》がれたメグたん。笑顔のメグたん。

これは人が何かのきっかけを逃してしまうともう後には戻れない、という典型的な例だ。ママと呼ぶか、おかあさんと呼ぶのか。小さなユキが立ち止まってたたずんでいた分かれ道は、もう遠く通り過ぎてしまった。幼稚園児のユキは、母親をママと呼ぶ道を進んでしまったのだ。

だけどそれはユキと母親にとっては大した問題ではなかった。実際、母をママと呼ぶ子はたくさんいる。むしろ本当に重大なきっかけを逃してしまったのは、僕のほうだった。

結婚する前、まだあの人と会う前から、僕はユキとの会話の中でママという単語を使用していた。ユキがママママと言うので、いきおい僕もそれを口にすることになる。「ユキのママは今日は帰ってこないんだよね?」とか、「今のところ予定はないから、ユキのママにも言っておいてよ」とか、そんなふうに使うママという言葉は、僕の中でまだ架空の存在だったあの人にぴったりだった。

しかしもちろん、そんなことを本人を目の前にして言うわけにはいかなかった。僕はユキの恋人として、彼女を「おかあさん」と呼ぶ必要があった。

だけどそれを口に出すとき頭に浮かぶ「お義母さん」という漢字に、怯《ひる》んでいた。僕はユキのように洗面器に向かって練習をするべきだった。するべきだったのにそれをせず、当初、この人を呼ぶことを避けようとした。

様々な会話や行事がこの人との間に行きかい、僕らはそれなりによい関係を築いた。

なのに僕は「お義母さん」と呼ぶことを避けてきた。いつか、どうしても呼ぶ必要があるときが来たら「おかあさん」と言えばいい、そう思っていた。


「ママの部屋はどこがいい?」

と、ユキが訊《き》いた。ユキの手元には、申し込んだばかりの都民住宅の間取り図がある。

「あのね」と、母親は言った。

「そんなことばかり言っていると、当たるものも当たらなくなるのよ」

「逆だと思うな」と、ユキは言った。

「こういうのはね、ある程度当たったときのことを考えておくの。それくらい気合いをいれなきゃ、当選なんて望めないと思う」

「そうかしら?」

母親は少し考えるようにした。この人の手元には折り込みチラシが敷かれ、そこには蜜柑《みかん》の薄皮が堆《うずたか》く盛られている。

「守《まもる》さんはどう思いますか?」

と、この人は言った。隣でユキも顔を上げる。

「え」と、僕は声を出した。えーっと。

僕はこの人の顔を見て、それからユキの顔を見た。

「間取りの予定を考えても考えなくても、それは当たる当たらないとは、関係ないと思いますね、実際」

しばし沈黙が流れた。

二人は落胆の表情を浮かべていた。僕はつまらない意見を述べたことを猛省すべきだった。スべってもいいし、正しくなくてもいいが、男子はつまらない意見を述べてはならない。

「考えようが考えまいが結果は変わらない」

気を取り直すように、この人は言った。

「それだったら外れたとき、がっかりしないように、間取りなんか考えないほうが利口だと思うわ」

「逆よ。だったら当たったときのことを考えて、楽しんだほうがいいじゃない」

「だけどね、そもそも私は外れたほうがいいって思ってるのよ」

「どうして?」

「前にも言ったと思うけれど、あなたたち、新婚のうちからわざわざ親と同居する必要なんてないと思うの」

「だから私たちは、もう新婚とかそういうのじゃないんだって」

僕らは付き合いだして三年になり、そのうち半分以上は一緒に暮らしている。正式に住むところが決まったら（つまり都民住宅に当選したら）、結婚の届を出すことになっている。

「私が嫌なのよ。私はね、三十年も前から一人暮らしに憧れていたのよ。最近ようやく、その一人暮らしに慣れてきたところなのに」

「あのね」と、ユキは言った。

「ママは大事な頭数なの。こんな条件のいいマンションはほかにないんだから。二人で申し込むより、三人のほうが条件がいいってのは説明したでしょ？　ママだって、隅田川が見えるし歌舞伎座も近いって喜んでたじゃない」

「それは確かに魅力だわ」

比較的あっさりと、この人は言った。

「でしょ？　引っ越したくなるでしょ？」

「それはまあ、そうね。だけど、そんなに簡単に当たるわけじゃないんでしょ？」

「倍率は三十倍くらい」

「三十倍……」

　再び沈黙が流れた。

「……三十倍というと、ししとうを食べて辛いのに当たるくらいの確率ですね」

　発言を慎重に吟味して、僕は言った。

「あら、それなら私は結構当たってるわよ」

　と、この人が言った。

「それ多分違う。一個目で辛いのに当たらなきゃダメなのよ」

「……そっか。それは難しいかもしれないわね」

「でも不可能じゃない。それくらいだったらなんとかなるはずよ」

　ユキが言うとなんでもそれらしく聞こえるのはなぜだろう、といつも思う。

「で、ママはどの部屋がいいの?」

「あなたたちの寝室を先に決めなさい。私の部屋はそこから一番離れたところにするから」

「そう?　じゃあ、マモル君の仕事部屋はどこがいい?」

「どこでもいいけど、窓はあったほうがいいな」

「そうですか」と、ユキは言った。

「そうすると、こんな感じかな……」

　ユキは間取り図にそれぞれの部屋の用途を書き込んでいった。

　南西の角部屋が母親の部屋、西側の九・六㎡が僕の仕事部屋、東が寝室、リビングにダイニングキッチン、収納部屋。

　仕事部屋に関しては素晴らしい環境だった。現在は居間の隅に机を置き、資料やＰＣを平積みにしている。それに比べれば新しい家で九・六㎡の専用部屋があるというのは、格段の進歩だ。

　これで本棚やキャビネットといった、今までスペースの関係で購入をためらっていたものも置けるようになる。ゆくゆくは専用のＦＡＸやコピー機も欲しいし、観賞用の植物も必要だ。壁面には予定を書くためのちょっとしたホワイトボードをかけたい。書類用のワゴンもあると便利だし、それから小さなもので構わないから打ち合わせ用のテーブルとスツールも用意したい。ヘッドレストつきのチェアも。

　——スモールオフィス。

　魅惑の空間の青写真を、うっとりと描いた。それはその小規模さゆえに、余計、僕の心をとらえる。僕らはいつだって、そういう完結した小空間が大好きなのだ。

「ママの部屋は、ここでいいんですか？」

僕は上機嫌でこの人に訊いた。

「私は」

この人は僕の顔をじっと見た。

「私は構わないわ」

きっぱりとこの人は言った。


このようにして、僕はこの人をママと呼ぶようになった。呼んでみたら小さな憑《つ》きものが落ちたみたいな気がして、僕はその後もママを連発した。それは失くしたパズルの一片のように、ぴたりとそこに収まった。

ユキはそれについて何も言わなかったし、この人も何も言わなかった。ただユキについては、なんとなくほくそ笑んでいるような気配があった。

◇

冬のある土曜日、ポストに都民住宅の当選通知が入っていた。通知には、L—87、あなたは抽選会の結果、当住宅の入居資格を得ました、とあった。

一ヶ月後、僕とユキは区役所に行って、結婚の届を出した。倍率三十倍の婚姻届。

その一週間後、僕らは都民住宅に入居して、三週間後に母親が引っ越してきた。

僕ら三人の同居生活は始まり、やがて季節は春になった。

◇

朝。

遅れて起きてくるユキのために、僕はテレビのチャンネルを天気予報に合わせる。

——東京地方。今日の天気は晴れ、のち曇り。北東の風。降水確率は一〇％。

壁にかけたカレンダーを見て、今日の日付を確認する。

——五月二十九日、金曜日。

テレビの音声を最小にし、僕はヘンデルの『水上の音楽』をかけた。

優雅な宮廷音楽が満ち、室内は小さな秩序と調和に包まれる。僕はテレビのリモコンをテーブルに置く。ユキが座る位置を計算して、取りやすくかつ邪魔にならない位置にそれを置く。

ワゴンを押して、ユキの母親が現れた。

コルク製のコースター。ハリオのガラス製ティーポット。砂時計。陶器製のミルクピッチャー。ソーサー。

天上からの使者のように、ママはそれらをテーブルに並べていく。

ソーサーの上には、温められた紅茶茶碗（今日は藍色の四つ葉柄のやつだ）が伏せられ、脇のプレートにはクラッカー数枚とレバーペーストが添えられる。

この朝にさらなる秩序と調和をもたらして、ママは台所へと戻っていく。

そろそろユキが起きてくるはずだ。

ユキは毎日、母親が朝食の準備を終えるのと同時に、きっちり計ったように起きてくる。実際にはユキではなくて、母親がタイミングを計っているのだ。

今朝もこの親子のタイミングは完璧だった。

ユキはだるそうに入ってきて、だるそうに椅子を引いて、だるそうに腰をかけた。そして音楽を身になじませるかのように、しばらくの間、じっとうつむいてティーポットを見つめた。

ティーポットのガラスの底は、きれいな半円を描いている。このフォルムが湯の対流を引き起こして美味《おい》しい紅茶になるのよ、と、いつだったかユキから聞いたことがあった。

褐色の茶葉と一緒に、ゆるやかな時間が堆積する。

顔を上げたユキが、隣の砂時計に目をやった。砂は全て落ちきったようだ。

ユキはゆっくりと、ティーポットのストレーナーを引き上げた。引き上げられた茶こしから、最後の一滴《ゴールデンドロップ》が落ちるまで、ユキはそれを見つめ続ける。

排他性。世界にユキとティーポットしか存在しないかのような、けだるい排他性がそこにあった。

しばらくすると、ユキは伏せてあった紅茶茶碗をひっくり返し、紅茶を注いだ。ユキの世界に、新しく紅茶茶碗が仲間入りする。

ユキはミルクピッチャーを手にとった。世界にミルクピッチャーが加わる。次に、レバーペーストとクラッカーを世界に加える。

ユキはクラッカーをかじり、紅茶を飲んだ。言葉を覚え始めたヘレン・ケラーのように、彼女は自分の属する世界を広げていく。

世界の輪郭は、次第にくっきりとしてきた。『水上の音楽』も充分にユキの体になじんでいる。

頃あい、と踏んだ僕は、声色を落ち着いたトーンに調整し、親密なラジオ放送になった。

「今日は晴れ。梅雨入りは来週以降になるんじゃないかな。降水確率は一〇％」

「……一〇％」

ユキは毎日、この数字にこだわった。数字はユキの中で、何かの行動指針になる。朝が苦手なくせに、この家で唯一の勤め人であるユキに、僕と僕の義母は最大限の敬意を払っていた。僕らはそれぞれ少し離れた位置から彼女を見守り、彼女の快適な朝のためだったらどんなことでもしてあげたいと考えている。

ユキはリモコンを手にとり、テレビの音量を上げた。僕はそれとクロスオーバーするように、オーディオの音量を絞っていく。

列島の朝をレポートするアナウンサー。

ユキはいくつかチャンネルを切り替えた後、電源を切った。わかったからもういい、という感じに。残った紅茶を飲み干すと、かちゃり、と音をたてて紅茶茶碗を置いた。何かのスイッチが入ったような音。

「ごちそうさま」

ユキは両手を合わせて、頭を垂れた。それは朝の挨拶とか、我々への感謝とか、そういうのを全て含んだ挨拶だった。

ユキは椅子から立ち上がると、洗面所へ向かっていく。僕はオーディオの音量を元に戻し、台所から現れたママが、ユキの食器を回収する。

やがてユキは出勤の準備を終えて、この家を出ていく。起きてから初めて、にっこりと微笑《ほほえ》み、「今日は遅くなると思う」とかそういうことを言い残して。

その後で、僕と僕の義母は遅めの朝食をとる。執事《しつじ》たちが調理場の裏で、まかないを食するように、細々と。

ささやかな誇りと柔らかな充足感に満ちた食事を、我々はとる。

昼。

僕は24チャンネルマイク／ラインミキサーについて考える。

――To adjust Input level：インプットレベルを調整するには。

僕はミキサーの専門家ではないし、特別それが好きなわけでもない。だけど縁あって24チャンネルマイク／ラインミキサーの取扱説明書を作っている。

自分にはできないと思えること、そう思っていたこと。そんなことでも、これは仕事なんだ、と思えば乗り切ることができる。そう思い込むようにしている。

――Stereo AUX Returns：エフェクトのアウトプットを接続します。ここでは－10dBV から ＋4dBu のステレオ及びモノアンバランス信号の両方を処理します。

このミキサーは、最大二十四種類の音を混ぜて出力する音響機材だ。音楽の制作現場や、コンサート、イベント等で使用されている。様々な入力形式をカバーし、様々な編集方式をカバーし、様々な出力形式をカバーしている。

それらをできるだけ平易な言いまわしで説明していく。作業は、英語で書かれた仕様書や、類似機種のマニュアルを参考にしながら、大胆に進めていく。

理解ではなく把握。

ファンタムパワー・バランスとアンバランスタイプの、入力方式の違いについて、僕が深く理解する必要はない。森の全体像を把握しておけば、木々の種類やその枝葉の様子を詳細に知らなくても地図は描ける。地図を必要としているのが主に素人であることを思えば、知らないほうがよりよい地図を描ける場合だってある。
日本の代理店が輸入する工業製品のマニュアル作成が、ここ数年の僕の主な仕事になっていた。大きいものでは三次元測定器の説明書を作った。クライアントはそれを、三次元、と呼んでいた。

——本機により、測定対象物のX軸、Y軸、Z軸上での正確な位置情報を測定できます。これにより、様々な形状の部品の測定が可能となります。応用方法により測定できる形状は無限にあります。部品の試作、検査等に、本機を末永くご愛用ください。

小さいものではドライバーの先端を磁化するための機械を扱ったこともある。ドライバーの先端にマグネットパワーを与える小さな機械で、名前をマグネタイザーという。

——ドライバーを本機に差し込んでから、磁化ボタンを押します。押しながらドライバーをゆっくり引くと磁化されます。反対に磁化ボタンを押しながら、ゆっくりドライバーを差し込むと消磁します。

マニュアルといってもそれは、B5の用紙一枚に操作方法と注意事項をまとめておしまいというものだった。

担当者は僕に言った。

「どうぞどうぞ。そいつはさしあげますよ。いやいや大丈夫ですよ。はは。小さなもんだから邪魔にはならないでしょ？　何かの役にたつかもしれないし。ははははは。マグネタイザーはこの世界じゃ、ちょっとしたロングセラーなんですよ」

僕はそれで家中の金属を磁化してまわった。ドライバー、ヘアピン、クリップ、くぎ、画鋲《がびょう》、バーベキュー用の串。それらを鉄板に張りつけると、何だか愉快だ。

僕が彼らに吹き込んだ、磁力という名の小さな意志。ここだけじゃない。マグネタイザーは今日も世界のどこかで、ドライバーを磁化しているのだ。

大前提として僕は納期を守った。死守した。そして可能な限り丁寧に仕事をし、あるいは丁寧に見えるように心を配った。

そうしていると、仕事は定期的に入ってくるようになった。僕がある程度まっとうな仕事をする、と誰かが評価してくれたのだ。

入ってきた仕事は、極力断らないようにしてきた。おかげでスキルも上がり、相応の自信もついた。今なら宇宙ロケットのマニュアルだって書く自信がある。

——始めにロケットのスイッチを入れます。赤いボタンは絶対に押さないでください。飛び終わったらロケットのスイッチを切ります。切り忘れにご注意ください。

日中、家の中にいるのは僕とユキの母親だけだ。

僕が仕事をしている間、彼女は買い物に行ったり、新聞への投稿文を書いたり、僕の知らない何ごとかをしたりする。家にいないことも多い。

昼飯はお互いが勝手にとった。

僕は大体、そのとき冷蔵庫にある肉や野菜を炒めて、ご飯の上に載せて食べた（個人的にそれを、俺丼と呼んでいる）。俺丼に飽きると近所の食堂に行った。ママが何を食べているのかはよくわからない。

三時になると、僕らは一緒にお茶を飲んだ。

ママはよどみない手順でお茶を淹《い》れる。沸かしたての湯を冷まし、茶器を温め、深緑色の茶葉を蒸す。その間、口をくいっと結んだまま手元を見つめ続ける。

ときどき、その口がもぐもぐと動く。視線は手元の茶器に固定され続ける。わびさびとは異なる、没頭という流儀。その流儀により入るのは、湯飲みの底が見えないほどの濃い煎茶《せんちゃ》だ。

「茶汁」と名付けたくなるほどに濃いそのお茶は、深く、ぬるく、そして甘かった。

もしかするとこれは、今までに飲んだどのお茶より美味しいのではないか、ということに、しばらく経ってから僕は思い至った。その思いが確信に変わるのに、それからまたしばらくかかり、その後は毎日確認するように思った。

この人の淹れるお茶は素晴らしく美味《うま》い。

ユキにそのことを言うと、ユキは簡単にうなずいた。知らなかったの？　という顔だった。

本人にもそのことを伝えてみた。お茶を淹れながらこの人は、ほほほほ、という感じに笑った。お世辞と受け取ったわけではない、ということはわかった。

僕はママの手順を観察し、それを真似してお茶を淹れてみた。

できたのは、ぬるくて濃い、そこそこに美味しいお茶だった。同じ茶葉で同じ手順なのに、何度やっても結果は同じだ。ぬるくて濃くて美味いんだけど、素晴らしくはない。

もう一回言う。ユキの母親が淹れるお茶は素晴らしく美味しい。それは賞賛に値する。

夜。

ユキはときどき、新しい技術の話をしてくれた。ユキは特許事務所に勤めていて、そこには世界中から新技術が集まってくるのだ。

「誰にも言っちゃダメよ」

ユキはいつもそう言ってから話を始めた。事務所員には守秘義務があるのだ。

その手の話には二つの種類があった。

ひとつはユキが昼休みに検索した笑える発明の話で、例えばピラミッドの作成方法（地球はすなわち巨大な磁場であり、その磁力を利用し、ローレンツ力で巨石を浮かしてピラミッドを作る）であるとか、宇宙の波動と交信する方法（宇宙アンテナと宇宙アンプを用いて宇宙から届いた声を聞く）とか、そういった話。

そしてもうひとつは、ユキが現在仕事として関わっている、例えば光学ピックアップレンズの製法特許とか、蛇口のコストダウンを可能にする新機構とか、石炭の冷やし方とか、新しいノイズリダクションシステムとか、新素材を使ったパネルとか、そうといった種類の話だった。

「今ね、飛行機の車輪の特許を書いているの」

と、ユキは言った。

「車輪？」

ママは湯飲み茶碗を持ったまま、ユキの口許《くちもと》を睨《にら》みつけるようにした。この人はどんな話でもとても熱心に聞いた。

「そう。飛行機が離着陸するときに使う車輪。あの車輪ってね、自分で動くわけじゃないってのは知ってる？」

「自分で……、動くわけじゃない」

この人はいつでも言葉を慎重に選んで、ゆっくりと、心の底から吐くようにしてしゃべった。その様子はいつも僕に、真剣勝負《セメント》という言葉を思い起こさせる。

「自動車で言えばニュートラルの状態なの。常に」

「ということは……、地面を移動している飛行機は、ジェットとか、プロペラの力で、動いてるってこと？」

「うん、あの車輪自体に駆動力はないのよ」

「へー」と、僕は感心した。

「それって言われればわかるけど、今まで考えたことなかったな」

「そう、そうなのよ。でねでね」

ユキはお茶をくいっと飲んだ。

「飛行機が滑走路に着陸するときも、車輪はニュートラルで、くるくる回る状態なわけでしょ？」

トラベリングを指摘する審判のように、ユキは指をくるくると回した。

「だけど、いくらニュートラルな状態でも、もの凄いスピードで着陸するわけだから、車輪にはかなり負荷がかかるでしょ？　だって地面と車輪が衝突するんだから。それでね、」

ユキは僕の顔とママの顔を交互に見て、

「その車輪にかかる衝撃とか摩擦を、少なくするにはどうしたらいいと思う？」

にやり、と笑った。

「衝撃を少なくするような、緩衝材《かんしょうざい》を使えばいいんじゃないかしら。バネとか」

「うん、そうなんだけど、そういうのは今さら特許にはならないでしょ？　ほかには何か思いつく？　マモル君は？」

「……わからない」

「じゃあいくわよ」

　ユキが言い、僕とママがうなずいた。

「車輪をね、回しておくの。着陸する前に、進行方向の向きに回しておくのよ。くるくるって空回しに。そうすればさ、衝撃とか摩擦を緩和できるでしょ？　ここまではいい？」

「うん」

　僕とママは同時にうなずいた。

「でね、ここからが本題。そういうふうに車輪を回しておくには、どうすればいいと思う？」

「それは……」と、ママは言った。

「だから、少しだけ車輪を回しておけばいいんじゃないの？」

「そうなんだけど、車輪を回すような機構は飛行機にはないのよ。それだと新たに、エンジンとかモーターをつけなきゃなんないでしょ？　それじゃだめなのよ」

「うーん」と、僕は言った。

「わからないな」

「ママはもういい？　ほかに何かアイデアはある？」

「……ないわね」

「そう？　じゃあいくわよ」

ユキが言い、僕とママがうなずいた。

「車輪の脇に水車みたいな羽根をつけるの。そうして胴体から車輪を出したときに、風の力で車輪が回るようにしておくの」

「へええー」

僕は感心して声をあげ、ママは、ほー、という感じにうなずいた。

「シンプルで力強くて、美しい発明でしょ？」

ユキはうっとりとした表情で言う。

「うん」と、僕はうなずいた。

ママは口をもぐもぐさせながら、手元の湯飲みに目をやる。

この人の手元には空《から》になった湯飲みが三つ集まっていた。そろそろこの人が、二煎目のお茶を淹れてくれる。

◇

週末。

今日はユキの友人の舞子さんと、その結婚相手の吉田くんが遊びにくる予定だった。

ユキは最近、吉田くんのことをとても気に入っていて、今から家を出る、という舞子さんからの電話を受けたあと、ひとしきり吉田くんのことをしゃべった。

——吉田くんってね、カメラを分解するのが趣味らしいよ。

——舞子は吉田くんのどこが気に入ったのかな?

——吉田くんって普段はおとなしいくせにね、夜中になると急にぺらぺらとしゃべりだすらしいよ。

——舞子のことを舞子さんって呼ぶのよ。

——吉田くんって、どっかから下取りカメラを調達してくるんだって。それを日曜に分解するらしいんだけど、しばらくすると元に戻ってるんだって。舞子が言うにはね、分解するところはよく見るんだけど、組み立てているところは一度も見たことないらしいの。これはきっと何かあるに違いないわよ、だって。

そんな吉田くんと舞子さんが、昼過ぎに到着した。

「こんにちは、はじめまして」

そう言って笑った吉田くんは、実際には小綺麗《こぎれい》な服を着た、好青年という感じの若者だった。だけど本当はカメラを分解して、夜中になるとしゃべりだすのだ。

「素敵なマンションだね」

エントランスのところで舞子さんが言った。

「倍率は三十倍だったのよ」エレベーターの中でユキが言う。

「運がいいんですね」と、好青年の吉田くんが返す。

「まあ、ししとうを食べて辛いのに当たるくらいの確率よ」

ユキは笑いながら言った。

僕らは初めてのお客さんを玄関に迎えた。

「どうぞ、いらっしゃいませ」

ユキが言い、僕はスリッパを並べた。

——裏がナイロンのはダメよ、フェルトのじゃないと。

スリッパについて強く主張したのはママだった。そのあとわざわざ日本橋のデパートに行って、それを買ってきてくれた。

　裏がフェルト製のスリッパ。履いてみるとそれは確かに快適で、歩くときの感触が違った。そのときまで僕は、スリッパの裏のことなんて考えたことがなかった。

「へえー」

　舞子さんが興味津々の笑顔で、部屋の奥をのぞき込む。

「そこは寝室だから、見ちゃダメ。こっちはタンス部屋で、そっちはマモル君の仕事部屋」

「いいですね、この部屋」

　吉田くんが僕の仕事部屋を見て、うらやましそうな顔をした。

「こっちの隅にはテーブルを置こうと思っているんですよ」

　おそらくは非常に嬉しそうな顔になった僕は言った。

「そうですか」

　博物館に連れてこられた小学生のように、吉田くんは僕のスモールオフィスを見回した。ユキと舞子さんは、そんな吉田くんをにこにこと見守っている。吉田くんはキャビネットの上に置いてある機械に興味をもったらしく、それを凝視《ぎょうし》した。

「それはマグネタイザーっていって、ドライバーを磁化する機械なんです。その世界じゃちょっとしたロングセラーなんですよ」

「へええ」

吉田くんは感心した声をあげた。

「よかったらさしあげましょうか?」

「え?」

吉田くんは目をまんまるくして、僕を見た。

「だめですよ。そんなの悪いです」

「僕はもう磁化できるものは、あらかた磁化してしまったんです。吉田さんのところに行ったほうが、こいつにとってもいいと思うんです」

「いや、でも……」

吉田くんは少し、もじっとして目を伏せるようにした。ユキと舞子さんがそんな吉田くんをにこにこと見守っている。

マグネタイザーのコードを本体に巻きつけ、僕は吉田くんに差し出した。

「はい、どうぞ」

「いや……、でも」

吉田くんはまだもじもじしている。

「袋持ってきてあげる」

ユキは台所へ走り、戻ってきた。白地にバラの柄がついた紙袋にマグネタイザーを入れる。

「はい、どうぞ」

ユキを見た吉田くんが、そろそろと手を出した。

「なんでも、どんどん磁化するといいわよ」

ユキは嬉しそうに言った。

「ありがとうございます」

吉田くんは弱々しく言った。

「よかったね」

励ますように舞子さんが言った。

「あ、」

と僕は声をあげ、ファイル棚からマグネタイザーの取扱説明書を取り出した。

「これ、つまらないものですけど、よかったら読んでみてください」

吉田くんは不思議そうな顔で、それを受け取った。

僕ら四人はテレビを囲むように座った。

画面にはゲーム会社のロゴが表示され、ステレオスピーカーから奥行きのある立体的な音が響いた。

「いくわよ」

とユキが言い、僕らはコントローラーを握った。

僕らはそれぞれお気に入りのキャラクターを選んだ。ユキはひげ面の太った男を選び、僕は首の長い緑色の恐竜を選んだ。舞子さんはピンク色のお姫様を選び、吉田くんは赤い野球帽を被った少年を選んだ。

ゲームはそれぞれが操る四体のキャラクターが乱闘を繰り広げる、というものだった。互いがパンチやキックやキャラクター個別の得意技を駆使し、相手をフィールドから弾き飛ばすと勝ちになる。

お互いの様子見から、それは始まった。

今、僕が操る恐竜の前には、舞子さん操るピンクのお姫様がいた。僕らは画面を通じて睨み合った。

間合いを詰めようと前に出ると、舞子さんはすすと後ろに下がった。

逆に一歩後ろに下がると、舞子さんは一歩前に出た。

ほほう、と僕は思う。

じりじり、じりじりじりと僕は前に出る。同じペースで舞子さんは後退する。

舞子さんは壁際まで下がり続け、下がるところがなくなると、ひょい、と上の階に飛び移った。

僕は舞子さんを追うのを止《や》め、下の階に降りてみた。そこでは吉田くんとユキが対《たい》峙《じ》していたのだが、僕が降りると同時にユキは上階に飛び移った。吉田くんが、くるん、とバック宙《ちゅう》をして僕を迎えた。

吉田くんに近付き、挨拶代わりの足払いをかけてみた。吉田くんは軽くジャンプしてそれを避けた。続けてパンチとキックを連続して出すも、ダッキングで軽くかわされる。

大技狙いでジャンプすると、吉田くんは電撃を落としてきた。黒こげになった僕の恐竜がフィールドに倒れるのと同時に、吉田くんは、くるん、とバック宙をした。

何とか立ち上がると、上階が騒がしくなっていた。ユキがもの凄い勢いで舞子さんを追い回している。逃げ場所を失った舞子さんが下階に降りてくると、全員を巻き込んでの乱闘が始まった。

ユキの攻撃を防ぐのは極めて困難だった。避けるよりもガードするよりも速く、ユキは連続攻撃を仕掛けてきた。一見めちゃくちゃに見えるその攻撃も、実際には上段と下段、間合いの長短が使い分けられていた。

接近戦ではとても勝ち目がないと踏んだ僕は、ユキが吉田くんに気をとられている隙《すき》に、大急ぎで上階に逃れた。そしてユキの背後めがけて、火の玉を吐いた。

ユキの背中に、火の玉が当たった。火だるまになったひげ面の男が倒れ、相手を失った吉田くんが、くるん、とバック宙をした。

ダメージから回復したひげ面の男は、立ち上がると、ぎろり、とこちらを振り向いた。僕は慌《あわ》てて火の玉攻撃を再開した。

ユキは僕の吐き出す火の玉を、ぴょんぴょんと跳ねてかわしながら、着実にこちらに近付いてきた。

わわわ、と僕は思う。

ユキは打撃の間合いまで僕に接近し、怒濤《どとう》の連続攻撃を繰り出してきた。

ガードやスウェイやダッキングといった、あらゆる防御テクニックは、ユキの操るひげ男の前に無力だった。僕は男の蹴りを五発くらって、フィールドの外に弾き飛ばされた。ばふばふばふと鳴きながら、恐竜は小さな星となって、画面上から消える。

……さよなら世界《ワールド》。

ユキの次のターゲットは舞子さんだった。姫は大騒ぎしながらフィールド中を逃げ回ったが、じきに追いつめられユキの肉弾攻撃にさらされた。舞子さんは吉田くんの援護も受けて、それなりに健闘するも、やがて脱落者となり、フィールドの外へ弾き飛ばされていった。オーマイゴーッドと細く叫びながら、姫も星になった。……さよなら。

ユキが操るひげ面の男がゆっくりと振り向いた。ひげ面の男は舞子姫を追いつめている間、遠くから電撃を飛ばし続けた赤い帽子の少年に、かなり腹を立てているようだった。

ユキはつかつかと吉田くんに近付いていった。くるり、とバック宙をして、吉田くんがこれを迎えた。

最終決戦が始まった。

吉田くんはユキの連続攻撃を、ひょいひょいと華麗にかわした。そして時にできるユキの隙を的確に突いた。ヒット＆アウェイ。常に一定の距離を保ち、吉田くんは優位に戦闘を進めた。

不用意な攻撃は反撃をくらうだけだと悟ったユキが、動きを止めた。

二人はしばらく睨み合った。

と——、

吉田くんが間合いを外して、くるん、とバック宙をした。

瞬間、

踏み込んだユキの三段攻撃が炸裂し、吉田くんは大ダメージを負った。

僕と舞子さんは固唾《かたず》を呑《の》んで、二人の闘いを見守る。

その後も一進一退の攻防が続いた。ユキが吉田くんの裏をかけば、吉田くんはその裏をかいた。ユキがその裏さえもかくと、吉田くんはさらにその裏をいった。こうなってくると、なんの裏もないユキのパンチが当たるようになった。

最後は一瞬だった。ユキの飛び蹴りが決まるかに見えたそのとき、吉田くんの放った電撃がこれを直撃した。黒こげになったひげ男は、グワァーと叫びながら飛ばされていく。

勝ち残った吉田くんは、バック宙をするのも忘れて、フィールドに立ち尽くしていた。それは誇り高い少年の立ち姿だった。

ぱらぱぱらぱぱらぱぱー。

軽快なファンファーレが彼を讃《たた》えた。大きな歓声が起こり、エルガーの『威風堂々』が流れた。

名勝負だった。

少年よありがとう。最後まで立派に闘い抜いた両者に、心からお礼が言いたかった。ひげのおっさんもよくがんばった。ありがとう。

――ふう。

目をつぶったユキが、ため息をついた。

「……もう一回、いってみよう」

静かにユキは言った。

「はいー。いきましょう」

楽しげなトーンで吉田くんが応えた。


「これ美味しいね」

アイスコーヒーを一口飲んだ舞子さんが言い、吉田くんがうなずいた。

「すっきりしてて、上品な味がする」

「そうなんですよ」と僕は言った。

「これ、水出しなんです。粉を麦茶用のティーバッグに入れて、ミネラルウォーターに一晩つけておくんです。ユキのお母さんが作ってくれるんですよ」

「へー」

舞子さんは少し不思議そうな顔をした。

僕も最初、ティーバッグにコーヒーの粉を詰めるママを見て、とても不思議な気分になった。だけど結果として、それは美味しいアイスコーヒーになるのだ。

「うちのママはね、お茶の類《たぐ》いに強いこだわりがあるのよ」

と、ユキが言った。

「へえー」と、舞子さんが言った。

「それいいね。うちにもそんなママが欲しいわ」

そのとおりだ、と僕は思った。あの人のおかげで美味しいお茶が飲める。快適なスリッパも履ける。都民住宅にも当選する。

「ママは今日、どこに行ったの?」

「買い物。あの人、日曜日は銀座のデパートに行くの。実際に買ってくるのは、月曜日のパンだけなんだけどね」

吉田くんがアイスコーヒーをかき混ぜるようにした。

「ところで、ユキさんは天才的にゲームがうまいですね」

「そんなことないわよ。マモル君と舞子が下手すぎるのよ」

僕と舞子さんは顔を見合わせた。

「あんな凄まじい連続攻撃を見たのは、僕は初めてです」

「そんなこと言って、ひょいひょいって軽快に避《よ》けてたじゃない」

「いや、もうあれが限界です。ちょっとでも指先が狂ったらやられてました。ただですね……」

「なあに？」

ユキは真剣な表情をしている。

「上段蹴りってのは隙が大きいんです。だから、避けられている局面では出さないほうがいいと思うんです」

「じゃあいつ出せばいいの？」

「ガードです。相手が避けきれずガードし始めたら出せばいいんです」

「そっか、なるほどね。そうすれば反撃されても、それにカウンターを合わせればいいんだもんね」

「そういうことです」

吉田くんはきっぱりと言った。

「じゃあさ、吉田くんの電撃はどうやって避ければいいの?」

「それはちょっと言えないですね」

「ふーん」と、ユキは言った。

「思ったんだけど、あれは電撃が落ちる直前に跳び蹴りを入れれば防げるんじゃないかしら。要はタイミングの問題だけど」

「そうかもしれないですね」

吉田くんは不敵な笑みを浮かべた。

「よし」とユキは言った。

「じゃあもう一回いってみようか」

「いいですね」

吉田くんが嬉しそうに応えた。僕と舞子さんは顔を見合わせた。


「誰にも言っちゃダメよ」

一息ついたユキは言った。

乱闘ゲームは、ユキと吉田くんが六勝六敗のイーブンになったところで終了した。その間に舞子さんが、漁夫の利で一回だけ優勝した。だいたい一番最初に飛ばされるのは僕だった。

「もの凄い発明があるの。どれくらい凄いかっていうとね、この発明さえあれば、恋愛もうまくいくし、上司にも認められるし、親子関係も円滑になる。姑《しゅうとめ》と嫁も仲良くなるし、貸した金も返ってくる。独創的なアイデアや企画を生み出せるし、それから争いや戦争もなくなって世界は平和になるわ」

「すげえ」と僕は言い、舞子さんが「なにそれ?」と言った。

「人間関係方程式」

「方程式?」

「そう。もう漠然としたアドバイスや占いに頼る必要はなくて、方程式を解くことにより、とるべき行動や努力目標が数量的に明確になるの」

「それが発明なの?」

「そうよ。例えばね、彼女の僕を見る目を変えさせる方程式」

「何それ?」

舞子さんが笑った。

「私は明るい人間ですし、スポーツも得意です。こう言ってはなんですが、見た目も結構よいほうだと思います。同じ職場のA子さんは、私の同僚とは親しげに話したりするのですが、私が話しかけると、なぜだかよそよそしい態度をとります。おそらくこれは、私のことを仕事のできない人間だと、陰で噂《うわさ》する人間がいるからではないかと思っています。私はたまたま今の上司と折り合いが悪く、本当の実力が発揮できていませんが、本当は同僚などより実力のある人間です。どうすれば彼女の僕を見る目を変えさせることができるでしょうか?」

ユキは僕らを見回した。

「残念だけど無理だと思うな」と、僕は言った。

「悪いのは全部他人っていう、典型的な人よね」

「評価が欲しいなら単に今以上に働けってことですよ。もっとシンプルに考えてほしいですね」

「童貞っぽいし」

「ダメ人間よね」

僕らは口々にこの相談者を罵《ののし》った。

「W＝Fα/a ただし a＞0」と、ユキは言った。

「この方程式を使えば、彼の悩みは数量的に解明されるの」

ユキは広告の裏に数式を書いた。

「Wってなに？」

「Wは彼女の彼に対する評価の量。Fは彼の実力で、αはアピールの加速度。aはフィルター係数。彼女の評価はFすなわち彼の実力と、αすなわちアピールの加速度の積で決定されるの。評価を上げたかったらコンスタントにアピールするんじゃなくて、緩急をつけてアピールすることが大事ってこと。それから彼女の彼を見る目には必ずフィルターがかかっていて、それがつまりフィルター係数a。簡単に言うと偏見とか色眼鏡。aが1だったら彼女のフィルターは透明ってことで、1より小さければ逆にWの数値は大きくなるってことね。

まずは実力を上げる。その実力を緩急をつけてアピールすることによって、彼女の目に留まり評価も高くなる。同時にそれはaの数値を引き下げる役割も果たす。彼女の彼を見る目も変わる」

「なるほど」と、僕は言った。

「それはそうかもしれないけど、そんなことはその方程式じゃなくてもわかるんじゃないの？」

「方程式で解きたいのよ。手相とか生年月日の代わりを数式がするのよ。神様の代わりに数式、って考えると深遠でしょ」

「そんなのが特許になるの？」

「ならないわよ。ただ出願公開されているだけ。発明に取り憑かれた人って大勢いるのよ。電気を入力すると二倍の電気が出力される機械とか発明しちゃうの」

「それ、永久機関ですよね」

「そうなのよ。その機械の出力を同じ機械の入力に接続すると、電気は二倍四倍八倍ってふくらんで、宇宙が壊滅しちゃうことには気付かないのよ」

「その夢を叶《かな》える方程式はないのかな？」

と、僕は言ってみた。

「解がないから夢は叶わない」と、ユキは言う。

「世界の仮定に矛盾しますね」と、吉田くんも言った。

「緩急をつけてアピールすればなんとかなるかも」

最後に舞子さんが、控えめに言った。

◇

舞子さんは川のそばで育ったらしい。

彼女は僕らのマンションの窓から見える隅田川を見つめて、とてもうらやましい、と言った。川のそばのほうがよく眠れる気がするの、とも。

僕らは近所の酒屋で買い物をして、その川原に降りていった。そこはちょっとした親水公園になっている。

老夫婦が停止した時間の中で川を眺め、その後ろでは、日曜日のお父さんが犬を散歩させていた。公園の中央あたりでは、五、六歳くらいの姉弟とその父親が、ウレタン製の大きなボールを投げ合っている。

僕らは買ってきたビールとカワキモノをベンチに置いた。

暖かな日曜の名残のような風が吹いて、ビニール袋はかさかさと鳴る。隅田川の真ん中を、水上バスが通り過ぎていく。

舞子さんは、わあ、と声をあげ、川岸に向かって歩いていった。それを追いかけていったユキが、追い越しざまに舞子さんの脇を突っつくようなことをした。二人は声をあげながら、川縁のフェンスのところまで走っていった。

吉田くんがベンチに腰かけた。袋から缶ビールを取り出し、吉田くんに一本渡す。

「どうもです」

ぱしゅ、というい音をたてながら、僕らは連続してプルタブを引いた。ビールの缶越しに目を合わせ、乾杯の仕草をした。

袋を挟んで、僕らは並んで座った。

光を反射して川面《かわも》がきらきらと光った。赤い提灯《ちょうちん》を舟べりにつるした屋形舟が、のんびりと過ぎていく。ユキと舞子さんがそれを指さし、何かをしゃべっている。

「かもめが飛んでるんですね」

と、吉田くんが言った。

「海が近いからね」

空にはかもめが散り散りに舞っていた。川の向こう側では、小学生がサッカーボールを蹴っている。

吉田くんが煙草を取り出してくわえた。

「マモルさんは吸わないんですか?」

「うん……。でも一本貰《もら》ってもいい?」

「どうぞどうぞ」

吉田くんは煙草の箱のへりを指でとんとんと叩《たた》いて一本だけ浮かし、僕に差し出した。吉田くんのくせにハイライトだ。

吐き出した煙が初夏の空気に溶けていった。久しぶりに吸い込んだ煙草に、頭が少しくらくらする。

「家では吸わないんですか?」

「まあ、そうですね」

「当然ですよね」吉田くんが嬉しそうに言った。

「当然ですね」僕も言った。

携帯灰皿を取り出した吉田くんは、そこに灰を落とした。

「ユキさんは素敵な人ですね」

「うん」

肩をぶつけ合いながら騒いでいる二人を、僕らは後ろから見守った。川原を吹きぬける風のせいで、煙草の減りが早かった。

「あの二人、手をつないでますよ」

煙草の火を消し終わった吉田くんが声をあげた。

「……本当だ」

二人は手をつないで川上方向に向かって歩き始めていた。

夕日になる直前の太陽。日曜日の隅田川。それはちょっと感動的な光景だった。

「……すごいな」

「すごいですねえ」

潮流の関係で、水は川上に向かって流れている。

「僕らが手をつないだら、あの二人はなんて言うでしょうね」

吉田くんが楽しそうに笑った。僕は黙って煙草の火を消す。ナニヲイッテルンダコイツハ……。

「僕、初対面の人とこんなふうに親しく話したのは、多分初めてです」

吉田くんはユキたちの後ろ姿を見つめながら言った。

「……どうしてだろう」

ユキと舞子さんが、老夫婦に声をかけていた。ベレー帽を被ったおじいさんが何かを説明していた。

「あの二人が仲良しだからだよ。それが伝播《でんぱ》するんじゃないかな?」

「ああ……、そうかもしれないですね」

僕らはビールを飲み、二人の後ろ姿を見守り続けた。

確かにこうして黙っていても、僕らの間には親密な何かがあった。母親の兄の息子が従兄弟《いとこ》であるように、僕らの関係を表す言葉があってもいいような気がした。

親友や、友達や、旧友とも違う。……義兄弟？　違う。


——義理の友達。


言葉の上ではそれが一番正しい気がした。

「僕らはほとんど同じ時期に結婚を決めましたよね？」

と、吉田くんが言った。

「それって、何かあると思いませんか？」

「何かって？」

「単なる偶然じゃないと思うんです。あの二人の間で、話し合いとか、約束とか、そんな感じのものがあったんじゃないかと思うんです」

吉田くんは真剣な表情で言った。

「……そうかもしれないな」

僕は考える。

「言われてみれば、確かにそうかもしれない」

ウレタンのボールを投げ合っていた親子が、三人そろって歩き始めた。小さい弟がボールを落とし、父親がそれを拾い上げた。

残っていた缶ビールを飲み干した。空いた缶を握ると、べこべこといい音がする。

「僕らも密約をしておこうか?」

「密約……?」

吉田くんが不思議そうな顔をした。

「離婚するときは一緒にしよう」

僕は空き缶をベンチの隅に置いた。

「片方が離婚したら、もう片方も離婚する。ユキたちが結婚の打ち合わせをしたんなら、僕らは離婚の打ち合わせをしておこう」

吉田くんは固まった表情のまま僕を見つめ続け、随分しばらく経ってから目を逸らした。ベンチに深く腰かけ直し、二本目の煙草に火をつけた。

「……いいかもしれませんね」

大げさに煙を吐き出しながら、吉田くんは言った。

「あの二人にとっても、それはいいかもしれません」

僕の義理の友達は、煙草の箱を、とんとん、とやった。

「いいでしょう。約束しましょう」

一本浮かせた煙草の箱を差し出しながら、吉田くんは笑顔で言った。

◇

七月十五日。

カレンダーによると、今が本来のお盆にあたるらしかった。

小さいながらも立派な経机が出てきて、香炉《こうろ》や燭台《しょくだい》や花立や遺影が並べられた。

八月のお盆だと旅行に行ったりすることも多いし、と、ママは僕に説明した。何よりあの人たちは、暑いのが嫌いだったのよ。

「一年分だからね」

ユキの母親は言い訳するようにそう言って、随分と長い時間、遺影に向かっていた。手を合わせて頭を垂れている小さな後ろ姿を見つめていると、だんだんその内部というか、魂までが透けて見えてくるような気がする。僕は音をたてないように、その場を離れる。

台所をのぞくと、ユキが早めの夕食を運ぶ準備をしていた。ユキは心得ているのだ。

僕は黙って、彼女の手伝いをした。

亡くなったお兄さんの好物だったという、しめじと鶏肉の炊き込みご飯。しゃもじで釜をかきまわすと、蒸気と一緒にしめじのいい香りが台所に立ち込めた。僕が食器を出し、ユキがご飯をよそった。小さなおちょこのような仏飯器《ぶっぱんき》にも、それを盛った。

しばらくして、ママが台所に戻ってきた。

「終わったわよ」

「はい」

返事をしたユキは、仏飯器を持って簡易仏壇へと向かった。僕とママは食事の準備を続けた。

僕は炊き込みご飯をリビングのテーブルに運んだ。続いてにんにくの芽と豚肉の炒めものを運んだ。さらに厚揚げを焼いたものを皿に盛っていると、ユキが戻ってきた。

「次、どうぞ」

僕は経机に向かった。座布団に正座し、花の匂いを吸いこむ。

燭台もこの経机も仏飯器も、今日初めて見るものだった。こんなものどこにあったんだろう、と思った。引っ越しのときは全く気付かなかった。

りん棒を手にとり、ちーん、とやる。

ゆっくりと音が減衰し、ろうそくの炎がゆらめいた。香炉の線香から白いすじがたち昇る。チャンネルを切り替えるように心が、しん、とした。

簡易仏壇には、ついたて式のフォトスタンドが二つ飾られていた。ひとつはユキのお兄さんの写真。もうひとつはお父さん（パパではなく、お父さん、とユキは言った）の写真。

父親は昔風の男前、といった感じでカメラに笑いかけていた。海水浴場でのスナップで、片膝をたてて岩場に座っている。お兄さんは思春期特有のはにかんだような笑顔で写真に撮られている。

父親の万年筆と、お兄さんのブレザーのボタンが写真の手前に添えられていた。その両脇には、きゅうりとなすに串をさした牛馬が飾られている。しっぽはトウモロコシの毛だ。

ユキの父親は、ユキがまだほんの小さい頃に心臓の病気で亡くなった。ママは事務の仕事をしながらお兄さんとユキを育てたが、お兄さんは高校のときに肺を患った。病気が発見されてから四日後に、亡くなったという。

男子短命の一家なのよ、とユキは言った。

悲劇だけどね、それが私たちの人生だったの。

死んでしまったお父さんとお兄さんはとてもかわいそう。ときどき泣きそうになる。

だけどはっきり言って、私とママは全然かわいそうじゃないのよ。いまだに生き残ってて、なんてラッキーなんだって思う。だからタフにしぶとく生きるの。私もママも。

僕は線香に火をつけて香炉に差し、手を合わせた。

はじめまして。このたびユキさんと結婚しました。どうかよろしくお願いします。

目を開けると、お父さんの笑顔が目に入った。おう、君がマモル君か。

お父さんは赤い水泳帽を被っていた。とても心臓に難があるようには見えない笑顔だった。


僕らが付き合い始めて二年経った頃、ユキにはひとつの出会いがあった。

ほかの特許事務所に勤める若手の弁理士がユキを気に入り、ランチで一緒になったときに告白したらしい。

ユキのことが以前から好きだったこと。よかったら結婚を前提に付き合ってほしい、ということ。

ユキは僕と付き合っていることを相手に伝えた。そうですか、と相手は言ったという。半分くらいは知っていたらしい。

でもあなたの申し出はちゃんと考えてみる、とユキは言った。そうですか、と相手は応えたという。

そういう丁寧なのに私は弱いの、とユキは言った。お昼ご飯の最中ってのもなんかよかったし。

「どう思う?」

と、ユキは訊いた。なに食べる? と同じトーンだった。

結婚……。

僕は考えた。

その人とは一度だけ会ったことがあった。言うまでもなく、収入や社会的地位は僕よりその人のほうが上だった。仕事ができて、性格もおだやかで、論理的にものを話せる人だ。スポーツが得意で、礼儀やモラルを大切にし、小綺麗なスーツも着こなす。僕よりも長身で、難しい国家試験にも受かった。

僕は自分が彼に優《まさ》る点を探してみた。あまりなかったけど、あるとすれば顔だった。一般的な尺度で言えば、僕のほうがハンサムマンだった。そこは勝った。

「プロポーズよ、プロポーズ」

ユキは楽しそうに言った。

「いきなり結婚を申し込まれるなんて、まさか私にそんなことが起こるとはね」

結婚……。

しかし僕はそんなことを考えている場合ではなかった。

「僕はユキのことが好きだから、ユキがその人と結婚するのはとても困る」

出てきた言葉は、思いのほか正確に、僕の立場を表していた。

「はい」

と、ユキは楽しそうに言った。

「でもその人とのことは、ちゃんと考えてみる」

次の日、ユキは部屋に戻ってこなかった。

ちゃんと考えるために、ユキは実家に帰ったのだ。


お兄さんの好物だったという炊き込みご飯は、とてもいい香りがした。

僕はそれを二杯食べた。

昔はしょっちゅう作ったんだけどね、とママは言った。お盆にこれを作ることに決めたから、年に一回しか食べられなくなってしまったのよ。

「お父さんは何が好きだったんですか？」

「あの人はなんでもよく食べたから、特にこれが好きっていうのはなかったわ」

ママはじっとこちらを見た。

「三食きっちり、それも結構な量を食べるんだけどね、不思議なのよ。お腹いっぱいになったことがないって言うの」

「じゃあ、あの仏飯器は、もっと大盛りにしたほうがよかったんじゃないですか？」

「そうね。来年からそうするわ」

と、ママは笑った。

「でも本当にお腹いっぱいになったことがなかったのかな？」

ユキが首をかしげた。

「どうかしら。出されたものを、とにかく残さず食べるって人だったから、もしかすると本当にそんな感じだったのかもしれないわね」

「じゃあうちのお父さんは、一度も満腹にならずに死んじゃったってこと？」

「そうかもしれないわね」

「満腹になることなく逝《い》ってしまった、うちのお父さん」

と、ユキは言った。

「ちょっとちょっと。それ問題じゃない？　それじゃあ成仏できないじゃないのよ」

「言われてみれば、そうよね」

「大丈夫だよ」と、僕は言った。

「満腹なんてただの概念なんだ。人間は食べてるはじから消化するんだから。その追いかけっこが人生なんだから」

「そんなの関係ないでしょ？　本人が満腹になったことないって言ってるんだから」

「じゃあユキはお腹いっぱいになるまで食べたことってある？」

「あるに決まってるじゃない」

「それは本当に満腹なの？　あとお米一粒なら入ったんじゃないの？」

「いや、それは入ると思うけど」

「そうなんだよ。それは本当は満腹じゃないんだ」

「そうか」と、ユキは言った。

「だったら私もお父さんと一緒で満腹になったことはないわ」

「そうだよ。僕らは皆、満腹になったことがないんだよ」

　久しぶりにいいことを言った気がした。

「それを聞けば、あの人も安心して成仏できると思うわ」

ママは笑いながら言った。

「あとで皆でお参りしましょうね」


実家に戻ったユキは考えた。

考えるといっても、そんなに考えることなんてなかったと思う。もともとユキは即断即決型なのだ。ユキは単に考えたいだけであって、悩んでいるわけではなかった。ユキは舞子さんに電話し、ことの成り行きを説明する。聞き上手の舞子さんとユキは、こんな感じに話をしたんじゃないかと思う。


——受けるんだとしたらやっぱり、ほら、ふつつかものですがどうか末永くよろしくお願いします、って三つ指つくのかしら。

——それは初夜でしょ？　もっと普通に言えばいいと思うけど。

——ここは丁寧さにこだわりたいのよ。

——ありがとうございます。謹んでお受け致します、とか？

——それ横綱昇進みたい。

もしかしたらこのときに、例の密約もなされたのかもしれない。

——ねえ。もし私が結婚したらさ、舞子も一緒に結婚しようよ。ほら、前話してたカメラの人。あの人でいいじゃない。

例えばユキに〝AまたはB〟という選択肢があったとする。ユキの希望や意志といったものは既にAを選んでいたのだとする。でも、そういうときにする賭けにこそ意味があるのよ、とユキは言う。

——Bにもフェアに機会を与えるの。その上で勝って得たものには、新たな価値が宿るじゃない。

僕にはよくわからなかった。決めかねたときに、あみだくじやジャンケンで決める、というならわかるけど……。

そう言うと、ユキは不思議そうな顔をした。どちらかに乗らない賭けなんて面白くないんじゃないの？

じゃあ、Bが勝っちゃったらどうなるのさ。僕が訊くと、そのときはそのときよ、とユキは不敵に笑った。

——もちろん私なりの勝算があるのよ。

ユキは最後にママに相談した。僕ら二人の写真を並べて。

「どっちの人がいいと思う？」

ユキは賭けたのだ。自分の選択に付加価値を与えるために。彼にもフェアに機会を与えるために。これは〝ママに訊く〟という、質の高い勝負なのだ。

ユキの母親はいつものように、真剣勝負、という感じに考えた。そして彼女の人生の中で培われた、純度の高い言葉を吐いた。

「私はこっちの人のほうがいいわ」

そう言って、ママは一方の写真を指さした。

「筋肉とかそういうものに囚《とら》われてはダメよ。本当に健康な人はスポーツなんてしないんだから。色白で痩《や》せてて、風邪？　そういえばここ何年もひいていないな、なんて人が一番長持ちするのよ」

ママは長く温め続けた持論を展開した。なにより大切なのは長持ち、すなわち長生きすることだった。

「どっちもよさそうな人だけど」

ママは大まじめに言った。

「私はこっちの人がいいわ」

ユキの母親は、力強く僕を推薦した。

そしてユキは考えるための旅を終えた。


ご飯を食べ終わった僕らは、最後に全員で仏壇に手を合わせた。

今日の炊き込みご飯とにんにくの芽の炒めものは、本当に美味しかった。

それから僕らは順番に風呂に入った。ママは部屋に戻り、ユキはドライヤーで髪を乾かした。僕は缶ビールを飲みながらテレビの文字ニュースを眺めた。


〇〇県△△市動物園から十四日、アライグマ二匹が逃げ出し、△△署や同市役所の職員らが、延べ約九十人で捜索にあたった。

同園によると、逃げ出したのは母アライグマ(四歳)と子アライグマ(一歳)の二匹。十四日午前十時ごろ、飼育員が様子を見にいくと、父アライグマだけが昼寝をしていた。おりの金網に縦十センチ横二十センチほどの穴が空いていたという。

同園は十四日午後から臨時休園し、警察犬を出すなどして捜索に乗り出し、夕方までに、付近の民家近くで子アライグマ一匹を見つけた。しかし母アライグマが見つからず、七人の職員が交代しながら徹夜で園内や周辺を捜し、翌十五日午前六時半ごろ、近くの竹やぶに潜んでいるところを、職員約二十人がかりで取り囲んで捕獲した。

アライグマは小さいうちは愛嬌《あいきょう》があるためにペットとして人気があるが、雑食性で気が荒く、飼育は難しい。同園では今年二月にもサバンナモンキーが逃げ出している。


……サバンナモンキー。


いつだったかユキに訊いてみたことがある。

もしもあのときママがもう一方の彼を選んでたら、本当に彼と結婚してたの？　と。

「それはまあ、そういうことになるのかな」

ユキは比較的あっさりと応えた。

「えーっ」

僕が抗議の声をあげると、だってしょうがないじゃないそれは、と彼女は言った。

「しょうがない」と、僕は言った。

「いや、でもね」言い訳するようにユキは言った。

「私には勝算があったのよ」

「それにしたって、そんなのおかしくない?」

「いいじゃない。私たちは勝ったんだから」

ユキは、ふふふふ、と不敵に笑った。

「後から振り返るのが勝利のいいところよね」


僕らはベッドに入り、手をつないだ。

ベッドライトを消すと、簡単に暗闇が浮かび上がる。闇に目が慣れて、天井の照明器具が見えるようになるまで、僕は目を開けている。僕らはいつも、ここでいろんな話をした。

静かな夜だった。僕らは天井を眺め続ける。

「炊き込みご飯、美味しかったね」

と、僕は言った。

「うん」と、ユキが応えた。

僕は目を閉じた。

三千世界の烏《からす》を殺し、主《ぬし》と朝寝がしてみたい。

ユキがきれいな声で、そう詠《うた》った。

ときどきユキはこの唄を詠う。高杉晋作が遊郭で詠ったんだそうだ。ユキは幕末マニアなのだ。

僕はユキの手を握り直した。ユキも僕の手をきゅっと握り返した。

「おやすみ」

と、ユキは言った。

◇

梅雨が明け、夏になった。

そのとき僕は、オシロスコープのマニュアルを書いていた。オシロスコープは電圧を測って、画面に波形として表示する測定器で、略してオシロと呼ぶ。

代理店に納期の件で確認の電話をした。感じのいい女性が担当者に取り次いでくれて、打ち合わせは簡単に終わった。あとはいつもどおりにお願いします、と担当者は言い、僕らは挨拶を交わして電話を切った。

今しがたとったメモを卓上カレンダーの脇に貼りつけ、僕は納期までの日数を数えた。この仕事が終わったら、ユキと日程を合わせて夏休みをとるのだ。

僕はカレンダーに書き込みを加え、再びPCに向き直った。画面を眺めながら、濃いめに淹れたコーヒーに口をつけたとき、その電話はかかってきた。

「……もしもし」

舞子さんの声だった。返事をすると、舞子さんは細い声で、ああ、と言った。

「突然すいません。今忙しいですか?」

抑揚のない声で舞子さんはしゃべった。オフィスからの電話だということが雰囲気でわかった。遠い大陸からの電話のようにも聞こえた。

「大丈夫ですよ」

と、僕は言った。

「実はね……」

舞子さんが小さく息を吸いこむのがわかった。

「……直人《なおと》くんが、帰ってこないの」

「直人くん」

と、僕は言った。直人くんと吉田くんが結びつくのに、少し時間がかかった。

「昨日の夜から帰ってこなくてね、机の上にメモがあったの。『十日間ほど留守にします。必ず戻ります。心配しないでください』って」

「えーっ」僕は驚いて声を出した。

「家出しちゃったってこと?」

「そうなのー」舞子さんは細く語尾を伸ばした。

僕は吉田くんの顔を思い浮かべた。週末になるとカメラを分解する吉田くん。義理の友達。家出。……家出?

「何か心当たりはないの?」

非常に類型的な台詞《せりふ》が出てきた。

「全く」舞子さんが細く答えた。

「それでね、直人くんの会社に電話してみてほしいの。もしかしたら出社しているかもしれないから。私が電話すればいいんだけど、本人が休んでいるのに、家族から問い合わせがあるのは変でしょ?」

「わかった。すぐにかけてみる」

申し訳ないけどよろしくお願いします、と舞子さんは言った。

——オカヤスデンキ、キキジギョウブ、ギジュツイッカ。ゼロ、ヨン、ゴ、ニイ、ハチ、……ゼロ。

僕はメモを復唱した。

「確認したら、すぐに連絡します」

「うん。よろしくね」

舞子さんは低い声で言い、かちゃり、と電話の切れる音がした。

何かが終わり、何かが始まる音みたいだった。

◇

銀座にある巨大なビアホールに僕らは集まっていた。

ミニステージではカンツォーネが高らかに歌い上げられ、ピエロの一団が音楽に合わせて、テーブルまわりをしていた。

僕らのテーブルにやってきたピエロの一団は、ユキに棒を持たせると、その上で皿を回転させた。お、お、お、お、と言いながらユキは棒を支え、ピエロは鳴り物を鳴らして、それをはやしたてた。

バルーンで作ったプードルを舞子さんにプレゼントし、ピエロはウィンクをして去っていく。

「何もかも嫌になった吉田くん」

喧騒の中で、ユキが言った。いい具合に僕らは酔っぱらっていた。

「吉田くんは放浪の旅に出ました」

舞子さんも、そんなことを言った。

「何か事件に巻き込まれたのかも」

と、僕は言った。

「うーん」と、ユキは言った。

「どれもあまりピンとこないな」

吉田くんの失踪について、僕らにわかっていることは僅《わず》かだった。

オカヤスデンキの人によると、吉田くんは長期休暇《リフレッシュ休暇》制度と夏休みをくっつけて、十六連休をとっていた。今日は休暇の三日目にあたる。

これといった兆候はなかったけど、家出する前日に「舞子さんのことが好き」という意味にとれる言葉を、吉田くんは吐いた。実家に帰ることは、いろいろな事情があってあり得ないらしい。どうやら精密ドライバーのセットを持って出ていったらしい。

精密ドライバーを持っていったということは、どこかでカメラの分解をしているということになるが、ではなぜ家出なのかがさっぱりわからなかった。

「借金取りから逃げる吉田くん」と、ユキは言った。

「国家機密を握ってしまった吉田くん」と、僕が言った。

「駆け落ちした吉田くん」と、舞子さんも言った。

「盗んだバイクで走り出す吉田くん」

「コンクリートジャングルの真ん中で膝を抱えてうずくまっている吉田くん」

「いい旅チャレンジ吉田くん」

「月に帰った吉田くん」

「迷路で吠えてる吉田くん」

「手術を恐れる子供のためにホームランを約束する吉田くん」

「注射が嫌いな吉田くん」

僕らは吉田くんって言いたいだけだった。

――オー・ソーレ・ミーオ♪

ミニステージからは、一段と大きく、耳慣れたフレーズが飛び込んできた。

「じゃあ、そんな吉田くんに」

ユキがジョッキを前に掲げたので、僕と舞子さんもそれにならった。

「乾杯！」

大きな声を出し、何度目かの乾杯をした。ジョッキの中で、少しだけ泡を残した黄金色の液体が、たぷん、と揺れる。

僕らはそれぞれにビールを飲み、ソーセージや枝豆を口に入れた。本当に吉田くんは今ごろ、どこで何をしているんだろう……。

ユキが近くを通りかかった蝶ネクタイに生ビールの追加を頼み、舞子さんもそれに便乗した。生ビール二つ。それからジャーマンポテト。

「今ごろ、吉田くんは何をしてるんだろう」

と、口に出してみた。

「迷路で吠えてるのよ」

舞子さんが応えた。僕らはカンツォーネをバックに笑った。

「さっきから、えらい言われようだね」

「いいのよ」と、舞子さんが言った。

「もうしないって決めたけど、最初は心配したし、思いきり動揺もしたんだから」

「でも吉田くんはきっと、休みが終わったら帰ってくるよ」

「……うん」

「帰ってきたらきっちり問い詰めて、くだらない理由だったら殴ってやればいいのよ」

「くだらない理由って?」

「うーん」ユキはしばらく考えた。

「何聞いても、そう聞こえるかもね」

「月に帰ったんだったら、許してあげようよ」

「それはしょうがないよね」

「そもそも家出ってのはね」

ユキがそう言いかけたとき、蝶ネクタイがビールを運んできた。蝶ネクタイはテーブルマジックを披露するかのように、最小限の所作で二つのジョッキを、とん、と置く。——生ビールです。

蝶ネクタイは、口許で作った笑顔を瞬間的に僕らに焼き付けると、一歩後ろに下がり、くるり、と風を巻くように去っていった。

ユキと舞子さんは二人で乾杯し、ぐい、とジョッキを傾けた。

「そもそも家出ってのは、なに?」

僕は話の続きを促した。

「うん」ユキは静かにジョッキを置いた。

「家出にはね、三つの種類があるの」

青少年の家出問題に関わって十五年、家出評論家の柏木ユキさんです、という感じだった。

「まずはトラブルからの逃亡を目的にした家出。借金とか犯罪がらみとかね。キーワードは北」

「北？」

「そう。この手の家出は、向かう先が北なの」

「なるほど」

「で、二つ目はね、思春期前後の青少年の家出。誰かを心配させたいとか、干渉から脱出したいとか、そんなやつ。大体は本格的に家出する前に挫折したり、満足しちゃったりするんだけど。計画を立てるまでが家出だったり、置き手紙を書くまでが家出だったり。キーワードは夏」

「夏に多いってこと？」

「そう。それで、行き先は都会。東京とは限らないけど都会」

「プチ家出ってよく聞くよね」

「友達の家を泊まり歩いて、ときどき家に帰る感じでしょ？」

「そんなのはただの無断外泊よ。家出じゃないわ」

一緒にされたくないわ、という顔でユキは言った。

つつ、とユキの視線が僕の斜め後ろに動き、その方向から再び蝶ネクタイが現れた。失礼します、と言って彼はジャーマンポテトの皿をテーブルに置いた。

僕は空のジョッキを彼に示し、ビールのお代わりを頼んだ。彼は僕のジョッキを回収し、再び僕らの記憶に笑顔を残すと、風のように去っていった。

「三つ目の家出はなあに？」

舞子さんはベーコンをつまんだ。

「うん。三つ目はね、本能的な家出」

ユキはビールを一口飲んだ。

「理由もないのに家出する人って実際いるじゃない？」

「裸の大将とか？」

「ああ。あれはもう、そういう生活スタイルよね」

「水戸光圀《みつくに》にも放浪癖があるよね」

「うん。あれは完全に放浪癖」

「一人じゃ何もできないくせにね」

「知り合いの話なんだけどね、」と、ユキは言った。

「例えば紀行番組を一緒に観てると、なんだかそわそわし始める人がいるんだって。ふと気付くと荷物をまとめてたりして。で、止めないで放っておくと旅に出ちゃうんだって。そういうのってわからないけど、なんとなくはわかるじゃない。理由のない家出って、結局、本能じゃないかと思うの。狼《おおかみ》のオスは大きくなると、ある日突然、群れを出ていく、そういうのと同じなんじゃないかって」

「群れを出る者」

と、舞子さんは言った。

「私たちは残り、直人くんは出ていった」

再び蝶ネクタイが現れ、ビールのジョッキをテーブルに置いた。早いな、と僕は思う。生ビールです、静かに彼は言った。

「……どうしよう」

蝶ネクタイが去ると同時に、舞子さんがつぶやいた。舞子さんはジョッキの取っ手を軽く握り、黄金色の液体の向こう側を見つめていた。

僕らは舞子さんが何か言うのを待った。だけど彼女は静かに目を伏せ、薄い唇を閉じたまま黙った。飲んだ量を全く感じさせない、白くて清らかな横顔だった。

「……このまま、直人くんが帰ってこなかったらどうしよう」

顔を上げた舞子さんが、ユキをまっすぐに見て言った。

「大丈夫。今回のケースは大丈夫よ」

家出評論家のユキは、きっぱりと言った。

「そうだよ、もしかしたらただの無断外泊かもしれないし」

舞子さんは僕のほうを、ちら、と見ると、ジョッキを自分のほうに引き寄せ、また睫毛《まつげ》を伏せた。

「……どうしよう」

とても小さな声で舞子さんは言った。

それから彼女は、信じられないくらいきれいな仕草でビールを飲んだ。

舞子さんの指先にそろそろと力が加わると、ゆっくりジョッキが持ち上がった。下唇がジョッキのへりに触れ、続いて上唇が被さるように添えられた。テーブルの面とビールの液面の平行が保たれたまま、ジョッキだけがなめらかに傾く。やがて液体は舞子さんの唇に達し、寄せる白波のように吸いこまれていった。

最後に舞子さんの喉が、こくん、と動いた。

一連の動きには、力をモノに加えたときに生じるべき反作用というものがなかった。

ユキが口を開けて舞子さんを見ていた。

「……どうしよう」

再び舞子さんが言ったとき、僕らも同じことを思っていた。

どうしよう……。

こんなときこそ蝶ネクタイが来てくれればいい、と思った。音もなく現れる蝶ネクタイが、舞子さんに特別なカードを差し出す。書いてあることはなんでもいい。誰もが、ほう、と納得してしまうような格言の類いでもいいし、暗号めいたものでもいい。その暗号を解くと吉田くんの居場所が浮かび上がる。そんなマジックカード。

ありもしない奇跡を夢想している間に、ユキは素早く考えをまとめたようだった。

「よし」と、ユキは言った。

「旅に出よう」

ユキは明日に向かって宣言した。

「吉田くんを探しにいくのよ」

よく通る声でユキは言った。

「それだ！」

大きな声で僕は同調した。

「いや、むしろ、私たちが家出するのよ」

「そうだ！」

「家出には家出。質問には質問。花束には花束よ」

「なるほど！」

「でも、仕返ししようってことじゃないのよ」

ユキは舞子さんを優しくのぞき込んだ。

「私たちの家出の目的は、あくまで吉田くん探しなんだから」

ゆっくりと顔を上げた舞子さんが、口を開いた。

「じゃあ……私は温泉に行きたいな」

「それはいいわね。温泉に吉田くんがいるかもしれないしね」

「だったら、みんなで合わせて休みをとろう」

「舞子は休みとれるの？」

「うん。大丈夫」

舞子さんがジョッキに手を伸ばしたので、僕とユキは素早くそれを注視した。特になんということはなく、舞子さんはビールを飲んだ。今度は普通だった。

「直人くんが帰ってきたときは、私が家出中ってわけね」

ジョッキを置いた舞子さんは、にっこりと笑った。

遠くのテーブルで誰かが指笛を吹いた。続けて拍手や嬌声が沸いて、さらにもう一回指笛が鳴った。飲み会の主役であろう人が、皆を相手に大声で挨拶をしている。どういう人生の経緯をたどると、指笛なんて吹けるようになるんだろう、と思った。

そんなものは誰にも教わったことはないし、多分これからも教わることはない。

ユキは手帳をひっぱりだして、夏休みの前倒しや延長についてぶつぶつと検討し始めた。舞子さんは、やっぱり置き手紙は基本よね、とかそういうことを楽しそうに語る。

いつの間にかカンツォーネの楽隊は引っ込んで、代わりにドイツの民謡のようなものがスピーカーから流れていた。

◇

だけど結局、僕は家出に参加できなかった。

オシロスコープのマニュアルの件で、追加の注文を請《う》けたのだ。それは別の担当者が空けた穴を埋めるような仕事で「非常に申し訳ないんですが、そこをなんとか引き受けてもらえませんか?」といった種類の依頼だった。

その仕事を請けてしまうと、まともな夏休みをとることが困難になると思われた。基本的に請けない方向でいたのだが、担当者はなぜこのような事態になったのかを、また、その仕事を僕が請けないと、困った事態に陥るということを切々と訴えた。

もちろん担当者がテクニックとしてそのような言い方をしていることはわかっていたが、結論として僕は請けた。僕はとにかく全力で仕事を進めて、後からユキたちに合流することに頭を切り替えた。ユキにそのことを伝えると「まあ夫婦そろって家出することもないか」と返ってきた。

ユキの仕事は慢性的に忙しいのだが、特定の時間、会社にいなければならない、というタイプの仕事ではなかった。だから休暇は比較的自由に設定できる。お盆休みに続けて五日間の有給休暇をとった、と舞子さんから連絡を受けたユキは、それと同じだけ休暇を申請した。

ユキは方々に電話をかけ、五泊分の宿を押さえた。軽井沢に二泊、万座《まんざ》に二泊、草津に一泊。高原の温泉、というのがユキと舞子さんのコンセプトらしい。

それから数日は、僕もユキも仕事を進めることに集中した。ユキの帰りは毎晩遅く、ときには家に仕事を持ち帰った。

テレビでは帰省ラッシュのニュースが流れ始めていた。

映像としては大体、去年と同じようなものだった。新幹線のホームで、向こうに行ったら何がしたいか、と子供が訊かれる。子供は首をかしげた甘え顔で「んー、のんびりしたい」と応える。スタジオに切り替わると、女性アナウンサーが驚きと微笑みを混ぜた、完璧な相槌《あいづち》を打つ。そういうので笑ったり感心したりする大人がいるから、子供はそう応えるのだ。

ユキはお盆休みの初日は出勤して、その日のうちに、八月分の仕事に目処《めど》をつけて帰ってきた。あとは休み明けにがんばればオッケー、そう言って、長い時間をかけてお風呂に入った。

ユキは僕の頬《ほお》にキスをして、先に寝床に入った。僕はキーボードを叩き続けた。

次の日、ユキとママは連れだって日本橋のデパートに買い物に出かけた。

僕はキーボードを叩き続けた。いつもはやかましい近所のマンションの工事も、お盆で休みのようだった。エアコンディショナーがときどき、しゅるしゅるしゅるしゅると湿った音を吐き出す。

時計を見ると二時を過ぎていたので、冷やしうどんを作ることにした。

乾麺をたっぷりのお湯で茹《ゆ》で、さっとザルにあける。流水で粗熱をとった後、氷水でしめる。生卵に生《き》じょうゆを少し混ぜる。それを冷たいうどんにからめる。最後にゴマと天かすをふる。そうするとちょっと考えられないくらい美味しい冷やしうどんができる。名前は俺うどんだ。

再びキーボードを叩いた。何時間か経つと、ユキとママが帰ってきた。アルバムを整理するためのバインダーと、デニム地の甚平《じんべい》とカンパーニュを買ってきたらしい。甚平は僕へのプレゼントだった。

「あら、やっぱり似合うわね」

甚平を着た僕を見て、ママが言った。

「うん、うん」と、ユキも言った。

お礼を言って、再びキーボードを叩いた。ユキとママはリビングに戻り、アルバムの整理を始めた。

夕飯のときに、ユキが写真を見せてくれた。

幼いユキは口許が儚《はかな》げで、可愛いもんだなと見ていると、口、口と言われた。気付くと僕も子供の頃のユキと同じ、アヒル型の口をしていた。

写真の中の若いママは、なんというか、むっちりとしていた。片足を軽く前に出してモデル立ちをしているものが多かった。昔の人の写真の写り方だ。

お父さんはいつもどおり、若々しくて、健康そうな写りだった。頑健な体格と、流し目が印象的で、昔の人の写真の写り方だった。

お兄さんはその辺のガキ、という感じだったが、どことなく今のユキの面影がある。

次の日、早々と旅行の準備を済ませたユキは、再びアルバムの整理を始めた。ママは知り合いの家にお呼ばれで出かけていった。僕は甚平を着てPCに向かった。テレビでは早くもUターンラッシュが始まっていた。アナウンサーが、早くもUターンラッシュが始まっています、と言った。入線する新幹線と、爆睡する子供。小さなスーツケースに、大量のおみやげ袋。

旅行はどうだった？　と訊かれた子供が「んーと」と上目遣いに迷った後、「疲れた」と応えた。スタジオに切り替わると、また女性アナウンサーが完璧な相槌を打つ。そういうので笑ったり感心したりする大人がいるなら、子供はそう応えるに決まっている。

次の日、ユキは五泊分の宿の住所と電話番号を書いた紙を僕に渡し、「なるべく早く来てね」と言った。僕は期待に応えるべく、引き続きキーボードを叩いた。「ちょっと行ってくる」というユキの最後の台詞が、家出っぽくて耳に残った。

◇

「二人で夕飯を食べるのは初めてですね」

ぱちり、と割り箸《ばし》を割りながらママが言った。

「そうですね」

僕は言った。ぱちり。

丼の蓋《ふた》を開けると、かすかな湯気と一緒に甘い香りが昇った。出前でとった親子丼の真ん中には、ミツバが軽く散らしてあった。グリンピースじゃなくてよかった、と心から僕は思う。

ユキが出発した翌日の夜、僕らは黙って親子丼を食べた。二人でとる夕食には、割り箸で食べる親子丼がよく似合った。甘くて柔らかで、つゆがよく染み込んでいる。

「甘いわね」

ぽつんとママが言った。

「甘すぎますか？」

「そういうわけじゃないけど」

ママは箸を置いた。

「……今夜はまだ仕事をしますか？」

「ええ、寝るまではやりますよ」

「そう」と、ママは言った。

彼女は真剣な表情で何かを考え、しばらくしてから口を開いた。

「一杯だけビールを飲みませんか？」

「いいですね。とってきますよ」

僕は素早く立ち上がり、ビールとコップをとりにいった。

甘すぎるわけじゃないけど親子丼が甘い。↓だからビールが飲みたい。↓だけど一人で一缶は多い。↓そうだ、マモルさんを誘おう。↓マモルさんは今夜も仕事がある。↓でも一杯だけなら大丈夫。

完璧だ、と僕は思った。ママの論理は、じっくりゆっくり健《すこ》やかに展開する。

テーブルに戻り、慎重にビールを注いだ。

ビール缶も様々な特許の集合体なのよ、とユキが言っていたのを思い出した。缶を成形するための製法、ラベルを印字するための工夫、プルタブの形状、液体の充塡《じゅうてん》技術、密封方法……。

注ぎ終えたビールは、液体と泡のバランスがいつになく完璧に仕上がっていた。七対三の黄金比率。完成したそれをママに渡し、自分のコップにもそれを再現すべく神経を注ぐ。

何かの念力を送るように、ママが見守っていた。

ほぼ合格点にそれを注ぎ終えると、「一番搾り」と書かれた特許の集合体が、最初よりずいぶん軽くなった。

「乾杯しましょう」

とママが言い、僕らは乾杯をした。

よく冷えたビールが気持ちよくて、一息にそれを飲み干した。それは親子丼にとてもマッチしていた。美味しい、とユキの母親も言う。

彼女は自分のコップにビールをつぎ足した。流れ落ちる液体は次第に勢いを弱め、ついには雫《しずく》となってぽつぽつとこぼれ落ちた。

こつん、と簡単な音をたてて、缶がテーブルに置かれた。

あらためてママは丼に向き直った。仕切り直しという感じだった。何をするにも、取り組む、という言葉が似合う人だった。僕らは黙々と親子丼を食べる。

「マモルさんはいつ出発するんですか？」

「予定はあさってです。おそくとも三日後には出発して草津で合流したいですね」

親子丼を食べ終えると、お茶を淹れましょうね、と言ってママはお茶の用意を始めた。まずはポットから湯飲みにお湯を注ぐ。

「ところで」

と、僕は言った。

「最強の動物はなんだと思いますか？」

僕はときどきこうやって、この人に質問をぶつける。

「……最強？」

ママは驚いた顔で僕を見た。湯冷まし中の湯飲みから、薄く湯気が昇っていた。最強、とつぶやきながら彼女は視線を落とした。

急須にお湯を流し込んだ彼女は、動物、とつぶやきながら蓋を被せた。

しばらく寝かせたそれを、くるりと水平に回し、二つの湯飲みに交互に注ぐ。

最強の動物……。またつぶやきながら急須を置く。

差し出された湯飲みを、僕は受け取った。湯飲みの五分の三ほどまでに注がれたお茶は、いつもどおりに底が見えないほど濃かった。

うまい。

その美味しさの秘密は、とにかく濃いことにあると、最近の僕は気付き始めていた。まずは大前提として、濃いということがなにより重要だ。

ほかにも秘密はある。使うのは大佐和《おおさわ》の深蒸し茶。一煎目は極端にぬるくする。抽出する時間は、長め。急須の網の目が詰まらないよう、少しずつ小出しに、だけどある程度勢いをつけて注ぐ。最後は勢いよく注ぎきる。

だけどそれだけじゃないはずだった。全てを完璧にコピーしたとしても、きっとこの味は出せなくて、つまりは小僧のうちにはたどり着くことができない、境地というものがあるはずだった。

最強、とママはまたつぶやいた。彼女の思考の邪魔にならないように、僕は空の湯飲みをそっと戻した。彼女は二煎目のために急須にお湯を注ぐ。急須の底に、茶葉は沈んでいく。

二煎目のお茶は、旨味の点では一煎目に劣るが、飲んだ、という満足感においては勝った。僕はお茶を飲み、一切れだけ残っていた付け合わせのお新香を食べる。

ママは自分の湯飲みを、とん、と置いた。もう何もつぶやかなかったけど、頭の中は最強の動物のことでいっぱいに違いなかった。

波を打つグラフィックイコライザーのゲージ。

そんなものを彼女の頭の上に想像した。そのゲージは三歩進んで二歩下がる感じに少しずつ上昇を続け、現在は七割のラインを突破したあたりだ。「ポクポクポクポク」という感じに音が鳴り、ゲージが満タンになるとチーンと鳴る。すると彼女はぱちりと目を開け、質問の答えを述べるのだ。

ぴくり、とママが動いたので、僕は身構えた。

しかし再び、ママはゆっくりと視線を落としていった。頭の上のゲージが急速に下がっていく様子が、僕には見えた。こっそり息を吐き出し、がんばれっ、と心の中で唱える。ママは真剣な表情で、湯飲みを握りしめている。

最強の動物、と再び彼女はつぶやいた。どうやらママの思考は一周して、また元の位置に戻ってきたようだった。

「僕の意見を言ってもいいですか？」

ママは驚いた表情で僕を見た。

「……ええ」

「最強の動物は、」ゆっくりと僕は言った。

「クマです」

「クマ?」

「そうです。クマです。間違いありません。特に北に棲《す》むクマがいいでしょう。ホッキョクグマには体重五百キロを超えるものもいます。ライオンは確かに百獣の王かもしれませんが、しょせん群れてなんぼというところがあります。一対一だったら断然、クマです」

長年あたため続けた持論を、僕は展開した。

「もちろん狩猟能力ではライオンやチーターのほうが上です。しかし戦闘能力ではクマが優ると思うんです。二本脚で立って腕をブン回せば、それは人間で言えば超ヘビー級のボクサーが高速で左右のフックを連打している状態です。とてもかいくぐれるもんじゃない。もし仮に、間合いを詰めることに成功したとしても上から組み付かれるでしょう。相撲《すもう》でクマに勝てる生物はいません。つまり、クマは立ってよし組んでよしのトータルファイターなんです。最強です」

ママは黙って僕を見た。

「それからこういう話をすると、鯨《くじら》が最強だとかバクテリアが最強だとか言いだす人がいますが、そんな意見は却下です。そういうのは試合として成り立たないわけで、試合にならなければオッズも成立しません。言ってみれば核のボタンを握った合衆国の大統領が人類最強というのと同じです」

ママは急須にお湯を注ぎ始めた。三煎目だった。

「闘わずして認定される最強もあっていいとは思います。しかしここでは、もしファイターとして闘わば、という命題を大切にしたいと思うんです。そうすると断然、クマなわけです」

ママは急須の蓋を閉じた。

「想像してみてください。花道を通ってガウン姿のクマが入場します。ロープをまたいでリングインします。ライオンや虎よりも、クマのほうが断然チャンピオンベルトが似合うのはわかりますか？　それからクマには柔道着も似合います。ボクシンググローブだってカンガルーの次に似合います。そう思いませんか？」

「確かにそうね」

と、ママは言った。

「……だけどクマはゾウに勝てるのかしら」

「ゾウ?」と、僕は言った。

「勝てます、勝てます。クマは勝ちます」

「そう?」

ママは余裕の表情で僕を見た。

「でがらしですけど飲みますか?」

僕がうなずくのを確認したママは、自分の湯飲みと交互に三煎目を注いだ。こぽぽぽぽ、と、いい音に合わせて湯気がたち昇った。

僕はゾウと対峙したクマを想像した。正直なことを言うと、何トンもあるゾウを受け止める自信はまるでなかった。ロシアンフックや四つ相撲が通用する相手ではないのだ。

クマはゾウを中心とした円周上を、反時計回りに回った。とるべき戦法はひとつだった。吉田くんがユキに対して見せた一撃離脱《ヒットアンドアウェイ》。とにかくゾウの側面か背後に回り込んで、こつこつと打撃を加えていくしかなかった。

そうやって長期戦に持ち込んで、相手の消耗を誘えば、あるいは勝てるかもしれない、と思った。しかしそれはチャレンジャーのとる行動であり、真の強者がどちらであるかは明らかだった。巨大なものを中心として回っている時点で、クマは格下だった。回っちゃだめなのだ。

ママがなかなか口を開かなかったので、しょうがなく僕は言った。

「チャンピオンベルトが似合うのはクマです。しかし残念ながらクマはゾウには勝てません」

「そうよね」

深々とママが言った。

どうぞ、と言って差し出された三煎目のお茶は、最初よりも随分薄くて、ちょうど普通のお茶と同じくらいの濃さだった。普通のお茶ってなんだろう、と思う。

僕らは無言でお茶を飲んだ。

これを飲み終わったら食事が終わるという、そんな種類のお茶だった。

これで終わり、ということは多分僕だけじゃなくて、ママも感じていて、それは少し気恥ずかしい気分だった。

湯飲みが空になり、僕らの食事は終わった。

◇

「ナントカ　シゴトノ　メドガ　ツキマシタ　アシタ　イエデシマス」

二日後、ユキたちが泊まっている万座の宿に、電報を打った。僕らの家出に相応《ふさわ》しい連絡方法は電報だろう、と思ったのだ。

そのあと残りの原稿を書いて、プリントアウトを終えたのは、予定より一時間遅れた午後四時だった。

それから原稿のチェックに三時間ほどかかり、途中、担当者への連絡と食事を挟んで、データを送ったのが午後八時。あとは明日の準備をして、それから風呂に入れば全ての予定は完了だった。

後半はここ近年では最高レベルの集中力で乗り切ったし、かといって徹夜したわけでもなく、大きなミスもない、まずまずのラストスパートだった。

で、その電話がかかってきたのが午後九時頃のことだった。予定外というにはあまりに予定外なその電話のせいで、そのあとの予定は随分と変更されることになった。

電話を置いてまずしたことは、舌打ちだった。笑うところから始めてもよかったのだが、立場的にまず舌打ちするところから、予定の変更は始まった。

まず僕は、台所に行って水出しコーヒーを取り出した。温め時間を五十秒にセットしてレンジのスタートボタンを押した。レンジの内部で明かりが灯り、ゆっくりとトレーが回転した。

小劇場的なその空間を、僕は眺める。

作動中のレンジを見つめていると白内障になるわよ、とママは言い、そんなわけないじゃない、とユキは言った。ユキはそのあと、電磁波がもれない金型を開発して電子レンジの内部フレームにおいて世界一のシェアをとった会社の話をしてくれた。九州にあるその製作所の社長室には、創業以来の図面と特許書類が段ボール箱で山積みになっているらしい。

三回転半してレンジは動きを止めた。

僕は部屋に戻って、これからのことを考えた。簡単に考えをまとめてから、急がなければ、と思った。一口コーヒーを飲み、まずはユキたちのいる万座のホテルに電話をかけた。

ユキはすぐにつかまった。ユキは「やあ!」と華やいだ声を出した。「届いたよ、電報。なかなか粋《いき》なことするじゃない」

「それより大変なんだよ」

「何？　あ、ちょっと待ってね」

受話器の向こうから、がさごそと音がした。

「いいわよ」と、ユキは言った。

「吉田くんが帰ってきた」と、僕は言った。

「さっき吉田くんから電話がかかってきて、『家に帰ったら舞子さんの置き手紙があったんです』だって」

「ホントに？」

「うん。泣きそうな声だったよ」

むはははははは、とユキは笑った。

ユキは笑うところから始めたみたいだった。もともと吉田くんのことになると、ユキはよく笑うのだ。

「明日、一緒に連れていこうと思うんだけど、そのほうがいいよね」

「そうね」

「到着は午後になると思う」

「うん。チェックインが四時だから、それくらいに草津の宿で合流しよう」

「わかった」

「四時までは、観光でもしてなよ」

ユキはそのあと、「二人で」と付け足し、また、むはははは、と笑った。

「二人っきりか……。何してようかな」

「会話」と、ユキは言った。

「吉田くんがまた消えちゃわないように気をつけてね」

「うん」

「ママは変わりない？」

「全く。寸分違《たが》わずいつもどおり」

「そう」ユキはまた少し笑った。

「じゃあ明日、楽しみにしてる」

「うん」

僕らはそれで電話を切った。

またコーヒーを飲んで、時計を見た。それから急に、吉田くんが今夜いなくなってしまう可能性に思い至った。……ないとは言えなかった。

今から見張っておかねば、と思う。

吉田くんに電話をして、いろいろと話があるから、今からそっちに向かうということを伝えた。泊めてもらうかもしれないけど構わないか、と訊くと、「はい」と小さな声が聞こえる。

それから急いで、旅の準備をした。

クローゼットの棚から、エースの倉庫バーゲンで買った大きめのバッグを取り出す。もし私がひとつだけバッグを持つのだとしたらこれにします、と、エースの社員が力説したそのバッグは、ストラップの位置を掛け替えると、容量が中から大へ変化する。

そこに着替え二日分とひげそりと歯磨きセットを入れ、少し考えてポケットティッシュを追加した。

そしていつものように、それだけ？　と自問した。外泊の準備にはいつも何か足りない感じがつきまとう。

「はい」と吉田くんが言ったような気がして、うるさいよ、と独り言を言った。おれは怒っているのだよ、と吉田くんには伝えたかった。

最終的に、読みかけの文庫本とノートとボールペンを追加して、旅の準備は完了した。何かを忘れているような気もするが、そんなのは気のせいだ。バッグの容量は

「中」に収まった。

風呂に入って髪と顔と体を洗い、シャワーで泡を流した。外に出て水分をふき取ると、ダンガリーの半袖シャツを着て、うす茶色のバミューダパンツを穿《は》いた。手ぐしで髪を整えてから、最後にささっと髪型を崩した。くせ毛ふう、というのは、なんとなく言い訳っぽい髪型だ。

連絡先を書いた紙をママに渡して、今から家を出ることを伝えた。ママは「まあ」と驚いた顔をして、「地図は持ちましたか?」と訊いた。

東日本ロードマップを荷物に加えると、確かに準備完了感があった。何かすごい、と思いながら、行ってきます、とこの人に伝える。

家を出ると、外はぬるい空気に溢《あふ》れていて、すっぽりとそれに覆われたような気がした。なんとなく世界との一体感を感じる夜だ。

僕は小走りに地下鉄の入り口へと向かった。風呂上がりの濡れた髪を、外気が気持ちよく通り過ぎていく。


世間はまだ夏休みだから、列車内に人はまばらだった。

プロパガンダのテクニックの粋《すい》を集めた中吊り広告が、今は誰からも顧みられることはなく、それでも出番を待つセールスマンのように虎視眈々《こしたんたん》と揺れている。

都営から東京メトロに乗り継ぎ、吉田くんの家へと向かった。駅に着くと、ほかの降客の先頭をきって、エスカレーターを駆け昇る。改札を抜け、黄色い看板でA3出口を確かめる。

一直線な階段を下から望むと、四角く地上が見えた。四角の隅に小さな人影があって、それが吉田くんだ、とすぐにわかった。笑いたかったが、立場的にこらえながら、僕はゆっくりと階段を昇る。

しばらくして見上げると、吉田くんが、ぺこん、とお辞儀をした。僕は肩掛けの荷物を背負い直し、左手を軽く上げた。そこからは吉田くんと目を合わせたまま、一段一段、地上へと進む。吉田くんは右手で手すりを握ったまま、少し体をくねらせるように、僕を待つ。

あと三段のところで足を止めた。

吉田くんが僕を見下ろしていた。襲われる直前、右に飛ぶか左に飛ぶか決めかねた草食動物のような目だった。

できるだけ威圧的な声で、僕は「こんばんは」と言った。

「こんばんは」

哀しそうな声で草食動物が言った。

吉田くんの右手は手すりから離れ、どこに行けばいいのか迷った様子でぶらんとしたあと、綿のパンツをきゅっと握った。

追いかけるように、その右手に視点を合わせた。草食動物の右半身にみるみる緊張がみなぎった。動物はしばらくそれに耐えていたが、やがて耐えきれなくなったのか、体をひねるようにして手を隠した。

吉田くんを見つめ、僕はさらに黙った。

草食動物は、もじ、もじっと体をひねった。左手をパンツの横まで出してすぐ引っ込めた。唇を閉じて開き、また閉じた。目を逸らしたと思ったら、また戻った。洟《はな》を二回すすった。右手で胸のあたりを掻《か》いた。TシャツにはBOYS BE AMBITIOUS《少年よ、大志を抱け》と書いてあった。

やがて吉田くんは、観念したかのように目を閉じた。

ぬるい空気が彼の鼻孔からゆっくりと吸いこまれた。肺胞の壁でヘモグロビンを介して、二酸化炭素と酸素の交換が行われた。横隔膜が弛緩《しかん》し、ゆっくりと息が吐き出された。

目を開けた吉田くんは、生意気にも、男ですから、という顔つきになっていた。

「荷物、持ちます」

吉田くんは両手を前に差し出した。僕は黙って荷物を渡す。

「煙草をくれ」

義理の友達に向かって、僕は言った。吉田くんは神妙な顔つきで煙草の箱を取り出した。火と携帯灰皿も貸してもらって、僕は煙草を吸った。

煙がお盆休みの東京の夜空に拡散していった。吉田くんはじっと僕の横顔を見つめていた。あのとき以来のハイライトは、吸い込むとまた頭がくらくらした。

「……まあ、とにかく何度も謝ることだよな」

吸い殻の後始末をしながら僕は言った。

「はい」と、吉田くんは言った。

「すいませんでした」

「おれにじゃないよ」

「はい」吉田くんは言った。

「本当にすいません」

「おれに二回謝ったってことは、ユキにも二回、舞子さんには二百回くらい謝ったほうがいいと思うな」

「はい……」

もう一回謝るのかと思ったけど、返事をしただけだった。もう一回謝るということは、舞子さんに謝る回数が百回増えるということだから、案外冷静なのかもしれない。

僕らは並んで吉田くんの家へと向かった。途中、お茶のペットボトルとチーズ鱈《たら》と『東京スポーツ』を買った。お茶のペットボトルは一ヶ月ぶりくらいで、チーズ鱈は一年ぶりくらいで、『東京スポーツ』は二年ぶりくらいだった。学生の頃、必ずこの組み合わせで僕の下宿先に泊まりにくる友人がいた。

ビールなら家にあります、と後輩キャラの吉田くんが言った。


標準的な2LDKのアパートにしては天井が高かった。

テレビは部屋の隅、エレクターで組んだ棚の中段にある。フローリングの真ん中にはセンターラグ、そこにローテーブルと半円形の座椅子が二つ。僕と吉田くんはそこに座った。

アルミホイルを四枚重ねてへりの部分を立てると、それをくるくる回しながら形を整え、出来上がったものをテーブルの真ん中に差し出して、灰皿です、と吉田くんは言った。陶芸家みたいだった。

ローテーブルの上には、一筆箋に書かれた舞子さんの置き手紙があった。

『一週間ほど留守にします。必ず戻ります。心配しないでください。舞子』

その隣には、同じく吉田くんの置き手紙があった。

『十日間ほど留守にします。必ず戻ります。心配しないでください。直人』

吉田くんはこの十日間あまり、都内のウィークリーマンションに潜伏していたらしかった。カメラを分解していたのか、と訊くと、恥ずかしそうに「そうです」と応えた。自分の家でやればいいじゃないか、と言うと「もう二度と家ではやりません」と妙にきっぱり言うので、じゃあ家の外だったらやるのか、と訊くと「いいえ、それもうしません」と言った。

結婚生活に不満があるのか？　——いいえ。舞子さんに不満があるのか？　——いいえ。何もかも嫌になったのか？　——いいえ。反省しているのか？　——はい。家出して楽しかったのか？　——わかりません。ちょっと心配してほしかっただけなのか？　——いいえ。迷路で吠えていたのか？　——いいえ。注射は嫌いなのか？

——はい。

じゃあ結局なんなんだ？　一人でカメラを分解したかっただけなのか？　そう訊くと、吉田くんは気の毒なほど哀しそうな表情で「そうかもしれません」と言った。けどそんなんじゃあ誰も納得しないよ、と僕は言った。チーズ鱈をかじり、半分くらいまで減ったビールを飲む。

「舞子さんに会ったら、もう二十倍くらい、まともな言い訳をしたほうがいいよ」

「……僕はときどき、正気を保つためにおかしなことをしちゃうんです」

「なんでもいいんだよ。ちゃんと周りに説明してからなら」

「はい……」

消え入るような声で、吉田くんは言った。ウスバカゲロウの一生を思わせる、儚い声の消え入り方だった。

僕は煙草の火をつけ、上に向かって煙を吐いた。

ウスバカゲロウの一生、といっても実際にウスバカゲロウなのは数日間で、それ以外の期間はアリジゴクなんだよな、と思う。

昔ユキと、アリジゴクがウスバカゲロウになるのはどんな気持ちなんだろうか、という話をしたことがある。それは吉田くんがユキになる、とか、僕がカニクイアザラシになる、とかそういうことと同じなのだ。

どうでもいい時間が、ゆっくりと流れた。

「……マモルさんは普段、煙草を吸うんですか?」

「いや」と、僕は言った。

「実はここんとこずっと禁煙中。吸ったのは吉田くんからの貰い煙草のみ」

「……そうですか」

アルミホイル製の灰皿に、灰を落とした。

カウンターキッチンの向こうで換気扇が回っていた。さっきから気になっていたのだが、部屋の隅に、マグネタイザーがぽつんと置いてあった。

「何か磁化してみたの?」

と、僕は訊いた。

「ええ」でも……。

「磁化できるものってあまりないんですね」

磁化するものもあまりないのだが、吉田くんと話すことも、もうこれ以上ないような気がしてきた。

僕はゆっくりと、煙草をもみ消す。

「最初はなんでも磁化してやろう、って思ってたんです」

吉田くんはテーブルの脚のあたりを眺めながら、ぽつん、と語った。

「そうしたら、なんというか、全部新しくなるような、生まれ変わるような気がしたんです」

でも……。

「ドライバーにクリップ、安全ピン、栓抜きにコルクスクリュー。僕に磁化できたのはそれだけでした」

テーブルの端には、『東京スポーツ』が四つ折りになって置いてあった。見出しには、クロダイ爆釣54センチ、とある。

「それから、くぎも磁化しました」

「……それで全部?」

「はい」

また煙草を吸いたいな、と僕は思っていた。ここのところ煙草を吸いたいと思うこともなかったのに、ひとたび禁煙を破ると、直後にまた吸いたくなった。ニコチンとはそういうものらしい。

喫煙って怖いな、と思いつつ煙草に火をつけ、座椅子にもたれかかった。

昔、例の組み合わせで下宿に泊まりにきていた友人の興味の対象は、競馬とプロレスと芸能ゴシップとエロに絞られていた。そいつのあだ名は「東スポ」だった。焼き肉をするときは必ず、〝肉にキープなし〟を主張した。野菜のキープはいいらしい。そいつから貰い煙草をしたのがきっかけで、僕は煙草を吸い出したのだ。

「この際さ」と、僕は言った。

「吉田くんも禁煙してみたら？　少しはポイントになるんじゃないの？」

「はい」

吉田くんは首をかしげるようにして、僕を見た。僕と目が合うとすぐに目を伏せて、アルミホイルの灰皿をじっと見た。

「わかりました」

吉田くんはこっちを見た。

「今から禁煙します。もう一生吸いません」

「本当に？」

煙を吐き出しながら僕は言った。

「ええ、吸いません」

「じゃあ、これは全部貰うよ」

「はい、どうぞ」

くわえ煙草のまま、ハイライトを胸のポケットに回収した。

「すいません」と、吉田くんは言った。

「これで最後にしますから、一本だけ貰ってもいいですか?」

僕は黙って煙草の箱を差し出した。吉田くんは一本取り出し、フィルター部分をテーブルのへりに、とんとんとぶつけた。

「生涯最後の一服です」

吉田くんはそう言って煙草に火をつけた。

「そうなるといいけどね」

「大丈夫です。僕はマモルさんと違って、貰い煙草もしません」

生意気なことを吉田くんは言った。

残ったハイライトを数えてみると八本あった。あと八本吸ったら、僕も本当にやめようと思った。

僕らが吐き出す煙が、天井あたりで混じり合っていた。僕が火を消すと、しばらくして吉田くんも火を消した。アルミホイルの灰皿には三本の吸い殻がたまった。

すいませんと吸いませんって似てるな、と僕はくだらないことを考えていた。

◇

目が覚めたとき、吉田くんは台所に立っていた。

借りた布団を簡単に畳んで、洗面を済ませると、僕はリビングに向かった。

「おはようございます」と、吉田くんが言った。

部屋にはFMの音楽が流れ、テーブルの上には朝刊が置かれていた。台所から何かを焼くジューという音が聞こえる。

僕は新聞を開き、記事を眺めた。よくあるニュースに並んで、人工授精で生まれたチンパンジーの赤ちゃんのニュースが載っている。

ラジオの曲がフェードアウトして、エイティポイントゼロー、と唄った。

「おまたせしました」

ホットプレスサンドを半分に切ったものと、両面を焼いた目玉焼きが運ばれてきた。茹でたミニアスパラガスが数本と、プチトマトが添えてある。

「うちはいつもカフェオレなんですけど、いいですか?」

「……うん」

吉田くんは再び台所へと消えた。

「いただきます」

僕が言うと、台所から「どうぞーっ」と声がした。新婚さんみたいだ。

ツナとよく伸びるチーズを挟んでホットプレスされたトーストは、バターの香りもよく、とても美味しかった。目玉焼きも見事なターンオーバーで、塩、胡椒《こしょう》の加減もいい。

「うまいよ」

自分用の朝食を運んできた吉田くんに伝えると、嬉しそうに「ありがとうございます」と返ってきた。

「油をたくさん使うんです」と、吉田くんは言った。

「健康を考えれば少ないほうがいいんでしょうけど、軽く揚げるくらいのつもりでじっくり焼くんです」

彼は卵のことを言っているらしかった。言いながら、なみなみと注がれたカフェオレを差し出す。

「低温殺菌牛乳を使ってますから美味しいですよ」

小麦色のそれは、よく冷えていて喉ごしがよかった。なめらかなミルクの向こうに、深く焙煎《ばいせん》したコーヒーの輪郭が感じられる。

朝食が美味しいということは、それだけで人生の半分は成功なのだ。

そのことは僕が結婚して初めて気付いた、揺るぎない事実だった。ここにも一人、それを実践する男がいる。

「朝ご飯は毎日、吉田くんが作るの？」

「いや、きっちり一日交代です。だんだんどっちが美味しく作るか勝負みたいになってくるんですよね」

「舞子さんのも美味しいの？」

「ええ」吉田くんは嬉しそうに言った。

「彼女のはみそ汁にシャケの切り身って感じが多いんですけど、そのシャケが美味しいんです。焼き方に秘密があるらしくって、ほこっとしてるんですよ。あんな美味しいのは、ちょっとほかでは食べられないんじゃないですかね」

仲良しじゃないか、と僕は思った。世界三大美徳のひとつ、仲良し。

「夜ご飯は？」

「夜はどうしても適当になっちゃいますね。お互い外で食べちゃうことも多いですし。

だから朝が勝負なんです」

「ふーん」

ミニアスパラガスを食べてカフェオレを飲んだ。またラジオがエイティポイントゼロー、と唄う。

「今日、これからのことだけど」と、僕は言った。

「吉田くんはまず一泊分の旅行の準備をする。その間、おれはレンタカーの手配をする」

「はい」

「ごちそうさまでした」

吉田くんへの感謝と敬意をこめて、深々と手を合わせた。彼は困ったような表情をして奇妙に口ごもり、あい、というような音を発した。

「朝食が美味しいってことは、それだけで人生の半分以上は成功ってことだよ」

吉田くんは驚いた顔になって、はあ、と言った。

後片付けは彼がやるというので、僕はベランダに出て煙草を吸った。室外機のファンがくるくると回っていた。日差しはそれほど強くはない。一応、夏ですから、という感じ。

できるだけ時間をかけて二本の煙草を吸った。煙はいつもよりゆっくり、ゆらゆらとたち昇っていく。

遠くから移動販売の放送が聞こえてきた。レゲエのリズムにのった、奇妙な唄だ。スッチャ、スッチャ、スッチャ、大学堂、大学堂。おまたせしました、大学堂ー♪

だんだん近付いてきた音は、突然ぷつりと消えた。……大学堂?

耳を澄ませば、都会にも様々なファンタジーがある。

ちょうど煙草を吸い終わったので、僕は火を消した。五本たまった吸い殻ごと、アルミホイルの灰皿を握りつぶす。

煙草は残り六本、と僕は誓った。何者かは知らないが、大学堂にかけて誓う。

部屋に戻って、吉田くんにタウンページを借りた。近所のレンタカー店に電話をかけ、空車があるか確認し、今から向かう旨を伝えた。

行ってくる、と言うと、吉田くんが玄関まで見送りにきた。玄関には僕の靴がきちんと揃《そろ》えられていた。

「場所はわかりますか?」

「うん」

「気をつけて」

「おお」

昨日通った道を逆行しながら、僕は目的地に向かった。

途中、小さな公園に面した通りに、ど派手な軽ワゴンが停まっていた。子供が何人か集まっている。通り過ぎてから、それが大学堂だということに気がついた。ホットドッグのようなものを売っているらしい。早足で歩くと少し汗が出た。

たどり着いた営業所には、半袖のシャツにネクタイを締めた男が一人、居残り、という感じに座っていた。にこやかに挨拶してきた彼は、ご希望の車種はございますか？　と言った。電話で話した感じよりも若そうな人だ。

「四人がゆったり乗れるセダンをお願いします」

かしこまりました、と彼は言った。それでは、と彼が選んだ車種に同意する。

彼は車をとりにいき、営業所の隣につけた。事務所に戻ってきて「今、車内を冷やしておりますので」と言った。

カウンター越しに、免許証を提示し、保険やら何やらの手続きをした。儀礼的な説明を受けて儀礼的に署名をし、クレジットカードで支払いを済ませた。カウンターの上には小さなカゴがあって、北海道ミルクと書かれたキャンディーが盛ってあった。

「申し遅れましたが、私、工藤と申します」

彼は名刺を差し出した。

「トラブル等がありましたら、こちらにご連絡ください」

工藤正和《まさかず》さんは柔和な感じに笑った。

慈愛に溢れた目をしている、と思った。星を見上げる老犬のようだ。

彼の長めの前髪は、目にかかりそうだった。万が一、前髪が邪魔になったときは首を振るタイプだな、と思った。うつむいてそっと首を振る。髪をかき上げるタイプじゃない。

書類の控えを三つ折りにし、工藤さんは社名の書かれた封筒にしまった。どうぞ、と差し出された封筒を受け取って、僕は北海道ミルクに手を伸ばした。

「これ、ひとついただきます」

「どうぞ、どうぞ」

僕らは連れだって事務所から出た。車のエンジン音が聞こえる。

「ご旅行ですか?」

大きな声で工藤さんが訊いた。

「いや、家出です」

「……家出?」

工藤さんは慈愛に満ちた目で僕を見つめた。前髪が睫毛にかかりそうだった。ははは、と落ち着いた声で彼は笑った。

「正確に言うと、家出をした義理の友達がいて、それを探すために家を出た仲良し二人組を、僕と義理の友達とで迎えにいくんです」

ほんの一瞬、工藤さんの視線は、芯がぶれて小刻みに揺れた。が、すぐに、見る人に深い安堵《あんど》をもたらす、例の目を取り戻した。車のボンネットは、太陽を反射し続ける。

「……それは、大変ですね」

工藤さんは眩《まぶ》しそうに何回かまばたきをした。エアコンのコンプレッサーが解除され、エンジン音が少しトーンを落とす。

「どうか無事に帰ってきてください。全てうまくいくといいですね」

工藤さんは微笑んだ。

ほんの少しの出会いだったけど、僕はあたまから工藤さんを信頼した。信頼してそのようなことを言ってみたことは、本当によかった。

彼に導かれ、僕は車のシートに座った。車内はいい具合に冷えていた。開けたままのドア越しに、車の説明を受ける。工藤さんが微笑み、僕は礼を言う。

「どうか、よいご旅行を」

「ええ。旅行じゃないですけど」

「そうでした。よい家出を」

ははははは、と工藤さんは笑った。お気をつけて。

彼は車の前に立って、国道に合流するまで誘導してくれた。バックミラーに映った工藤さんは、最後に小さくおじぎをする。車は吉田邸に向かって、走り出す。


ギアをPレンジに戻してサイドブレーキを引いた。

煙草を取り出し、車の窓を開けた。久しぶりの運転で、ちょっと緊張したみたいだ。

吉田くんのアパートを眺めながら煙草に火をつける。僕はこれから、義理の友達と旅に出る。

吉田くんと会うのは今回が二度目だった。一度目は僕の家。あのときは乱闘ゲームをやった。川原で一緒にビールを飲み、煙草を貰った。

灰皿に灰を落とし、煙を吐き出した。そしてふと、あのときした約束を思い出す。

川原で交わした密約。どちらかが離婚したら、もう一方も離婚する。……離婚。

まさかな、と思った。車の横を自転車が通り過ぎていく。

また煙草の灰を落とした。残りはもう三分の一くらいだ。助手席に放ってあった書類の写しと工藤さんの名刺をサンバイザーに挟み、シートにもたれかかる。

まあ、ユキと僕が離婚するとか吉田くんと舞子さんが離婚するとか、そういうのは考えにくい話だった。アウトオブイメージ。イメージできないことなんかは起こりっこない。僕はそのまま火をもみ消す。

それよりも、と思った。人生における煙草は残りあと五本。それはくっきりとイメージできた。サンバイザーを眺めながら僕は誓う。星を見上げる老犬のような目をした工藤さんに誓って、あと五本だ。


「ちょっと待ってください」

と、吉田くんは言った。

「何か重要なものを忘れている気がします」

リビング床に置かれた吉田くんのボストンバッグは、まだジッパーが開いたままだ。

「精密ドライバーは要らないよ」

「そんなものは持っていきません」

吉田くんは少し怒ったふうに言った。

「何かが足りない気がするんです」

危機感、色気、甲斐性《かいしょう》、体力、歌ごころ。僕らに足りないものならいくらでもある。

「じゃあ、何を持ったのか言ってみて」

「服と、歯ブラシ。タオル、ひげそり、財布、それから五徳ナイフ」

五徳ナイフ……。

吉田くんがまだ考えていたので、もういいよと僕は言った。

「もうちょっとだけ待ってください。マモルさんは煙草でも吸っていてください」

「この家にはもう灰皿がないんだよ」

吉田くんは台所に走って、アルミホイルを持ってきた。しょうがないので僕はそれを受け取る。吉田くんはぶつぶつ唸《うな》りながらリビングを出ていった。

僕はアルミホイルを正方形に切り取った。そして手を止めて考えた。素晴らしいアイデアを思いついた。僕は、にんまりと笑う。

アルミホイルを丸めて細い棒状にする。そうしたらマグネタイザーで磁化する。磁化したら広げる。広げたらへりを立てて灰皿を作る。

――マ・グ・ネ・ッ・ト・は・い・ざ・ら！

未来の世界のネコ型ロボットが、それを取り出す様子を想像した。今から自分がそれを作る。

アルミホイルを丸め、なんとか入り口に入るよう、棒状にした。そしてマグネタイザーの電源を入れて、入り口にアルミホイルを差し込んだ。ちょうどそのとき、後ろから声が聞こえた。

「アルミは磁化できませんよ」

振り向くと吉田くんが右手にCDを持っていた。

「……知ってるよ」

と、僕は嘘《うそ》をついた。

「アルミや銅は電気を通します。でも磁石にはならないんです」

吉田くんは申し訳なさそうに言った。

僕はマグネタイザーの電源を切り、丸まったアルミホイルを戻していった。平たくなったそれを回すようにして、へりを立てていく。

「持っていくものが見つかりました。CDです。車の中で聴けますよね?」

「うん」

僕は煙草を取り出して火をつけた。吉田くんは直立したまま、僕を眺め続ける。

マグネット灰皿になりそこねたアルミホイルに、僕は灰を落とした。

地球がいつ滅亡するのかはわからない。僕は煙を吐き出した。それまでに何度くだらない嘘をつくのだろうか、煙の行方を眺めながらそう思った。

だけど……。

煙のすじはエントロピー増大則に従って拡散し、やがて白い壁と同化するように消える。

煙草はあと四本。未来の世界のネコ型ロボットに誓って、これは死守する。

◇

「最近のカメラはもう、ダメなんです」

「分解しづらいってこと？」

「いや。そうじゃなくて、電子部品が多いから分解しても意味がないんです」

前を走るバンが速度を落としたので、僕は右にウィンカーを出した。アクセルを踏み込んでバンを抜き、再び左車線に戻った。

「昔の機械式のカメラが、いいんですよ」

と、吉田くんは言った。

「中をのぞくと複雑な仕組みが、くねくねと連動して動くのがわかるんです。やっぱりメカはいいです。本来カメラには電子部品なんか必要ないんです。ギアとゼンマイだけで動くセルフタイマーとか、そういうのを見ると胸が熱くなりますね」

アウトバーン仕様の車が、もの凄い勢いで僕らを追い抜いていった。

カーステレオからは、ずっと単調なフレーズがリフレインされていた。ピンク・フロイドの『あなたがここにいてほしい《ウイッシュ・ユー・ワー・ヒャー》』。なんと言ってもこれが一番ドライブに合うと思うんです、と言って吉田くんが取り出したアルバムだった。

「じゃあ吉田くんさ、草津までは長いから、カメラの分解についてイチから語ってみてよ」

「いや、でも……、分解はもうやめるって決めたんです」

「どうして?」

「それは……」

吉田くんが言い淀んだ。フロイドの曲が間奏に突入していた。

「それも含めて、詳しく説明してよ。吉田くんには説明責任があるんだから」

「…………」

長い間奏だった。優しげな展開に、泣くようなギターソロが被さった。

「その前に、これなんて曲？」

「クレイジー・ダイヤモンド。第一部のほうです」

「すごくいい演奏だけどさ、ドライブに合うっていったら、ハイウェイ・スターとかそういう曲なんじゃないの？」

「そういう考え方もありますね。でもこれも合いませんか？」

「……合うかもしれない」

「そうなんですよ。思うにドライブには、ビートはシンプル、テンポはミディアムスローが合うと思うんです。曲が長く、間奏も長くて、できれば歌詞は外国語。それから単調なフレーズをしつこく繰り返すやつがいいですね」

「ほほう」

僕は感心した。思い入れに満ちた他人の意見を聞くのは、とても愉快だ。

「吉田くん」

「はい」

「その調子でカメラの分解についても語ってみてよ」

「………」

「分解の手順。その楽しさや厳しさ。熱き思い。分解仲間との友情や、分解師匠との出会い。今回それをやめるに至った心境の変化。これから始める人へのアドバイス。おれとしてはそんなことが聞きたいな」

「………」

「ドラマチックに話してくれると、運転手としては退屈しなくて助かる」

「……わかりました」

吉田くんは目をつぶってシートに深くもたれかかった。僕は吉田くんが語るのを待った。しかし彼は、なかなか語ろうとしなかった。

煙草を取り出して、「吸う？」と訊いた。吉田くんは「いいえ」と応える。

特に吸いたくもなかったけど、僕は煙草を吸った。この一本が吉田くんの語りだすきっかけになればいい、と思った。換気のために窓を二センチくらい開けた。風を切る音で、音楽がかき消される。

「このギターは、何ていう人？」

僕は大声を出した。

「デイブ・ギルモアです」

煙草を吸い終え、灰皿をひっぱりだして火を消した。窓を閉めると、失われた音楽が力強く復活する。

我が生涯における煙草はあと三本。デイブ・ギルモアさんの叙情的なギタープレイに誓ってあと三本だ。

景色は時速百キロメートルで後ろに流れていった。道はまっすぐ。僕らは今、同じ空気を吸いながら、遠く先行する車を見つめ続ける。

「……最初は必要に迫られたんです」

やがて吉田くんの話が始まった。

「僕がメインで使っていたカメラは機械式なんです。そういうのをずっと使い続けるには、いつかはオーバーホールしてやる必要があるんです。シャッタースピードの調整とかそういう難しいことはできませんけど、内部の掃除や、注油したりするくらいは自分でできるかな、と思ったんです」

「……普通は店に頼むの？」

「そうですね。それが基本です。僕の場合、高校のときの写真部の部長の言葉が残ってました。松川さんっていう先輩なんですけど、彼が『カメラの分解はとても勉強になる』って言ったんです。僕はその後カメラから離れていましたけど、そのときの部長の言葉がずっと残っていたんです」

吉田くんはしばらく黙った。

「自分のカメラの調子が悪いことに気がついて、そのうち修理にださなきゃ、なんて思ってました。で、その頃たまたまジャンク品のカメラを見つけたんです。『撮影不能』と書かれたカゴに、それは入っていました。撮影不能なカメラって何だよって思うかもしれませんが、マニアの人が部品取りをしたりするんです。値段は二千円でした。僕はそのとき、部長の言葉を思い出したんです」

「……じゃあ、この道へ誘ってくれたのは松川部長ってことだ」

「そうですね。球技大会で女の子の写真を撮って、売りさばいちゃうような人だったんですけどね。まあいいです。で、僕はそのジャンク品を買ったんです。完全にダメになっちゃってもいいから、そいつを分解してみようと思ったんです」

「練習ってこと?」

「ええ。家に帰って早速、分解にとりかかりました。でも結局一日目は、ネジを三個外したところで終わってしまいました。もっとあるはずのネジが見つからないんです。機械の外側のネジってのは、設計者が工夫を凝らして隠しているんですね。

次の日はとにかくネジを探しました。パッドを剝がすと出てくるネジとか、もの凄く深いところにあるネジや、レンズマウントのカバーを外した、その奥側にあるネジとか。最終的にネジは十個ありました。だけどそれで開くかな、と思いきや開かないんです。開く雰囲気はあるんですけどビクともしない。結局その日は、またネジを締め直して終了です」

「なんで締め直すの？」

「これは後で気付くことなんですけど、分解の鉄則は、深入りする前に戻る、っていうことなんです。分解を進めていくと、元に戻せるだろうかと不安になります。そういうときは、早めにUターンして元の状態に組み直します。ぎりぎりまでがんばっちゃうと、もう戻れないんです。技術的な問題だけじゃなくて、時間的にも精神的にもそうなんです。だからそのとき僕が後戻りしたのは、それで正解だったんです」

　吉田くんはまたしばらく黙った。

「で？」僕は話を促した。

「次に分解したときは、十個のネジを外すところまでは当然、スムーズにいきました。でもやっぱりそれ以上、外せるネジはありません。どれだけ探してもありません。かといって力を加えても開く様子はないんです。

これも後で気付くことなんですけど、分解の鉄則は無理をしないことです。どうしても外れないパーツを、力で外そうとすると絶対に失敗します。最初はそれがわからずに、部品を壊したり、ネジのアタマをナメてしまったり、の繰り返しでした。冷静に考えれば、必ず外し方の正解はあります。力では何も解決しないんです。もちろん中には、正解がない場合もあります。つまり無理矢理外すしかない部品です。しかしながらそれは、設計的に外しちゃいけない部品である可能性が高いので、外さないことが正解ということになります」

「……ほかにも分解の鉄則はあるの？」

「あります」

と、吉田くんは言った。

「まず外したものを大事にしてください。小さい部品を落としたりすると最悪です。バネなんかはよく飛んじゃうので注意が必要です。外したものは、どこから外したかわかるように、メモをとりながら保存します。僕の場合、外した部品は、必ずA４の紙の上に置きます。そこに直接メモを書き込んでおけば、後で迷うことがありません。

それから時間の管理も大切です。一度分解にとりかかると最低二時間はかかりっきりになります。余裕をもって計画してください。途中、例えば昼食を挟んだりすると、もうわからなくなっちゃいます。

それから一番大切なのは、分解をあなどってはいけないってことです。基本的にカメラの分解修理はとても厳しく、とてもつらい作業です。高価なものを壊してしまうというリスクもあります。僕は初めての分解の結果、自分のカメラはメーカーに修理を依頼することにしました。その後は、もともと壊れているジャンク品を、直れば儲《もう》けものって感じで分解してます。

直すことは目的じゃないんです。それは分解の副産物なんです。優れた機械には自己治癒《ちゆ》能力みたいなものがあって、分解して組み上げるだけで直ることもあるんです。嘘じゃないですよ」

「……分解行為そのものを、楽しむってこと?」

「そうですね。機械の内部をのぞくと、そこには驚きや感動があります。ギアやカムが芸術的にかみ合って様々な機能を達成してます。もの凄い工夫がされていたり、逆にちょっとした手抜きを発見することもあります。設計者の思想とか時代背景、シリーズのコンセプトがよみとれることもあります。

汎用《はんよう》部品が多ければコストダウンが考えられているわけですし、ネジが統一されていたり、機能ごとに部品がユニット化されていたりすれば、それはメンテナンス性が重視されているわけです。部品の位置決めがきっちりしていれば、それは組み立ての作業性が重視されているということになります」

「すごいよ、吉田くん」

上里《かみさと》のサービスエリアまで、あと一キロメートルをきっていた。

「でも、続きは休憩の後にしよう」

車を減速させて、サービスエリアに進入した。夏のサービスエリアは、浮かれた感じに混雑している。

車を停め、トイレを済ませ、伸びをした。吉田くんは無糖の缶コーヒーを買い、僕は甘さ控えめの缶コーヒーを買った。それからアメリカンドッグも買った。

人の流れを避けて壁際に立った。買わなきゃよかったと早くも後悔しながら、僕はアメリカンドッグを食べた。なんでこういうところに来ると、反射的にこういうものを食べたくなるんだろう……。

吉田くんはコーヒーを握ったまま、停車した車の列を眺めている。

久しぶりに食べたアメリカンドッグ。それからチーズ鱈や煙草や東スポ。それらは概《おおむ》ねつまらないもので、少なくともユキやママと一緒にいるときは目に入らないものだった。なぜだろう、と思う。彼女たちはなんというか、誇り高いトーンで生きているのだ。

コーヒーを飲み干し、煙草を吸った。吉田くんは遠くを眺めたままだった。吸う？と訊くと、いいえ、と応えた。吉田くんはえらい。

誇り高い吉田くんに誓って、煙草はこれであと二本。そして多分、アメリカンドッグもこれが最後だ。

「行こうか」

僕らは車に乗り込んだ。エンジンをかけると、吉田くんがCDを交換する。

「今度はなに？」

「アズテック・カメラです」

スピーカーからはアコースティックギターの音が、ジャカジャカと聞こえてきた。

「基本的にネオアコってのは昼のドライブに合うんです」

サイドブレーキを解除し、車を前方に走らせた。

「さわやかで、全体的に曲がキャッチーです。次の曲になると前の曲を忘れています。CDが一回りしても気がつきません。それがいいんです」

ウィンカーを出して、走行車線に合流した。吉田くんがコーヒー缶のプルタブを引く。

「話はどこまで進んだっけ？」

「分解の鉄則を説明し終わったところです」

車のスピードが安定すると、流れる景色に合わせて音楽がきれいにはまった。渋川の出口まで、あと三十キロメートルくらいだ。

「では続きをお願いします。どうぞ」

「はい」と、吉田くんは言った。

「分解の鉄則として、無理をするな、ということを僕は言いました」

「うん」

「でも初めての分解のときは、結局無理をすることになります。ネジを外しても蓋は開きません。かといって、これ以上ネジは見つかりません。しょうがないので、力をこめてカバーを引き剝がしました。壊しちゃうんじゃないか？　何か外し忘れているんじゃないか？　やめたほうがいいんじゃないか？　そう思いながらも、最終的にはかなりの力をこめたんです。

カメラの場合は、やっぱり遮光性《しゃこうせい》が大事ですから、部品も複雑な形状で組み合わさってます。ハメ合いの部分に接着剤が入り込んでいる場合も多いのです。だからさっきの話とは矛盾しますが、ある程度無茶なこともしないと中はのぞけないんです。最後は勇気です。経験を重ねると、どのくらいの勇気までなら許されるのかわかってきます。カメラの分解に必要十分な勇気の分量ってのは、難しいんですけど、僕にはちょうど心地よい量です。得られる結果とのつり合いがいいんです」

吉田くんは缶コーヒーを一口飲んだ。

「初めてのときは運がよかったです。無事、中をのぞくことができました。カメラの内部は未踏《みとう》、未知の小宇宙でした。細かな部品がカッチリと組み合い、連動してぐりぐりと動きます。シャッターをきってみました。様々なメカがいろいろな箇所で同時に動きます。一回ではとても理解できません。何度も巻き上げて、何度もシャッターをきりました。感動です。胸が熱くなりました」

吉田くんは缶コーヒーを傾け、唇を湿らせた。

「その日はまた、カメラを元通りに組み上げて終了です。経験的に言って分解に一時間、なんらかの作業に四十五分、組み上げに十五分、合計二時間が一番いいバランスです。作業が終わったらコーヒーを飲みます」

吉田くんはまた唇を湿らせた。壇上の弁士のようだ。

「次回、また同じ状態まで分解するのは、あっという間です。二度目はスムーズなんです。そこからメモをとりながら、別のカバーやユニットを取り外していきます。そのときの目的は、とにかく動いている部品を掃除して、油を注《さ》し直そう、ということでした。だからとにかく動いている部品を把握して、そこを掃除できる程度に分解していこうと思いました。それからは外して組んでの繰り返しです。

十回も分解を繰り返したとき、内部の簡単なスケッチが完成していました。内部の機構も理解できましたし、油を注すべきところもわかりました。スプレー式のクリーナーで内部を掃除することにしました。溶剤を吹き付けて汚れを落とすやつで、揮発《きはつ》するから後には何も残りません。吹き付けると驚くほど汚い液が、ぼたぼたとたれます。

そのあとグリスを塗りました。多くつけすぎないように、爪楊枝の先にほんの少しつけて、塗っていきます。基本的には動くところ全てに塗りました。シャッターをきりながら塗ると、まんべんなく塗れます。それからまた元通りに組み上げました」

前方にオービスが見えたので、僕は少しだけスピードを落とした。

「組み上げてシャッターをきってみると、調子がよくなった気がしました。気のせいかもしれません。でもそのあと写してみたら、ぼやっとした写真が撮れるようになってたんです」

「へえー！　すごいじゃない」

スピードを元に戻し、僕は言った。

「ありがとうございます。でも運がよかっただけです」

「謙遜しなくてもいいと思うけど」

「いや、本当にあれはラッキーでした」

吉田くんは運を強調した。

「それからは？」

「その後も同じようなことを何回かやりました。それから、ブロワーとか、カニ目レンチとか、そういう道具も揃えました」

「カニ目？」

「ええ。なければスナップリング・プライヤーでもいいんですけど」

「それは断然、カニ目のほうがいいね」

カニの目玉を思い浮かべながら、僕は言った。

「そうですね」

「全部で何台くらい分解したの？」

「今までに四台です。程度のいいジャンク品って、そんなに手に入るもんじゃないんです。満足いくまで作業するには時間もかかります。今、話したやつだって、直すには半年くらいかかっているんです。二台目は一年かけて、結局直りませんでした」

「へえー」

僕はすっかり感心してしまった。一年かけてじっくりゆっくり、ジャンク品に命を吹き込む吉田くん。

「趣味というより、ライフワークって感じだね」

「そう、だったのかもしれません」

バックミラーに映る吉田くんは、まっすぐ前を見つめていた。

「僕は最後のカメラを、東十条のウィークリーマンションで組み立てました。ペンタックスのMEっていいます。ペンタックスは僕が一番好きなカメラです。分解しながら考えました。これからの僕の人生は家族のためにある。僕は家族のために生きたいって思いました。考えたんです。僕は家族のために生きようって思ったんです」

家族のために生きる……。

僕はステアリングを握り直した。後ろに流れていく景色に気をとられないように、意識してアクセルを定位置にキープした。青々とした水田の向こうに、山が連なって見える。

受け入れろ、と僕は思った。何があったのかはわからないが、大切な義理の友達がそう言うんだったら、僕にできることは、それを受け入れることだ。

「家族って舞子さんのこと？」

「はい。今のところはそうですね」

「そうか」と、僕は言った。

「それはいいかもしれないね」

「はいー」

吉田くんは嬉しそうに言った。その声はアズテック・カメラの軽快な楽曲に、きれいに映えた。

「実は今回、ペンタックスを持ってきているんです」

「写せるようになったの？」

「はい。条件がよければしっかり写ると思います」

吉田くんはシートベルトをいじりながら言った。

「向こうに着いたら、一緒に写真を撮らせてもらっていいですか？」

「……いいけど」

渋川インターまでは、あと十キロメートルだった。僕は少しだけスピードを上げた。

帰りはユキと舞子さんを乗せて、四人でドライブしよう。

ユキは吉田くんにいろんな質問をし、吉田くんはとぼけた答えを返すだろう。僕は笑い、舞子さんも笑う。ＢＧＭはネオアコがいい。ＣＤが一回りしても誰も気付かないからだ。上里ＳＡにも寄ろう。ユキにアメリカンドッグを食べたことあるか訊いてみよう。

これからの吉田くんは、家族のために生きる。よくわからないけど、そう決めた僕の義理の友達はいい感じだった。必要なら僕が、カメラの分解を引き継いだっていい。分解の魂は、それで連鎖するだろう。

ポケットに手を突っ込み、工藤さんから受け取った北海道ミルクを取り出した。

「これ、あげるよ」

「ありがとうございます」

楽しげなリズムで、吉田くんは言った。

◇

草津に着いたのは午後二時くらいだった。

窓を開けると、涼しいということにまず驚いた。

約束の四時まではまだ時間があったので、僕らは宿に車を預け、温泉街を歩くことにした。宿はこぢんまりとした洋風の四階建で、一階をくり抜いたように駐車場があった。車を止めると、紺色の半纏《はんてん》を着た男が顔を出した。

男は愛想のよい笑顔で、ようこそいらっしゃいました、と言った。僕が名前を告げ、車を預けてよいかと訊くと、どうぞ、わかりました、どうぞ、と返ってきた。

「ここを降りると湯畑《ゆばたけ》で、反対に上ると西《さい》の河原です」と、彼は言った。半纏の左胸あたりに『喜楽館　山本』と書いたネームプレートが見えた。

山本さんにお礼を言って、僕らは湯畑に向かった。硫化水素の匂いが気持ちいい。

「温泉の蒸気って、吸うだけでも効果があるんですよね」

湯畑までの一本道は、みやげもの屋やそば屋、喫茶、ガラス細工の店などが軒を連ねていた。

途中、狭い道いっぱいに広がった数人の集団が、声をあげながら温泉饅頭《まんじゅう》を配っていた。抜けようとすると、トングに挟まれた饅頭が差し出された。受け取ると、おじさんの笑い顔が見えた。「どうぞ、どうぞ」とおじさんは言った。手にとった饅頭は温かかった。

「着いたばっかりだから、まだ買えないよ」と僕が言うと、「どうぞ、どうぞ」とおじさんは笑った。「よかったらお茶もどうぞ」と後ろのおばさんも言った。お茶は断って、饅頭攻撃地帯を抜け出した。

後ろから吉田くんが、小走りに追いついてくる。

「すごいですねえ」

のんびりした声で言う吉田くんの手に、饅頭はなかった。僕は饅頭を半分に割って彼に与える。

僕らは饅頭を食べながら、道を降りていった。

「温泉饅頭にも何か温泉効果はあるのかな?」

「聞いたことありませんね」吉田くんが笑った。

湯畑に到着すると、そこにはちょっと感動的な光景があった。

全体を俯瞰《ふかん》すると極楽のように見え、細部を観察すると地獄のようでもあった。

源泉から湧き出た湯が一度せき止められ、七本の湯ドイに振り分けられる。沈殿してペースト状になった緑白色の硫黄《いおう》の上を、すべるように湯は進み、最後は滝となって湯壺へ流れ落ちる。湯気が絶えることなく、もうもうと立ち込めていた。

湯温五十六度、pH《ペーハー》値二・〇八。

表示されたその数値に、吉田くんはしきりに感心していた。だって二・〇八ですよ、と彼は言った。類《たぐ》い希《まれ》な殺菌力、と説明にはあった。

将軍御用汲み上げ所という看板もあった。この湯を、桶《おけ》と大八車《だいはちぐるま》で江戸まで運んだらしい。pH値二・〇八をたたき出す草津もすごいが、それを運ばせる将軍もすごい。

僕らは湯畑をぐるり、と一周してみた。足だけを源泉につけるらしい。

足湯というものがあった。足だけを源泉につけるらしい。ほかに観光客はまばらだった。

僕らは靴を脱いで裸足になり、二人並んでそこにつかった。吉田くんは目を閉じ、ああ、と声をあげた。僕も、ふう、と声を出す。

湯滝の音と匂い。ジオラマ的な温泉街の風景。草津よいとこ一度はおいで、とはまさにそのとおりだ。

足湯から出ると、運転で疲れた足が驚くほど軽くなっていた。すっかり半笑いになった僕は思う。いい。草津はいい。すごくいい。

吉田くんが肩から一眼レフを下げた老人を見つけ、そこに駆け寄っていった。自分のペンタックスを見せて、彼と何ごとかを話している。老人が、うんうん、とうなずくのが見えた。

恥ずかしそうに戻ってきた吉田くんが、あっちに行きましょう、と言った。彼の手元にカメラはなかった。ペンタックスを持った老人が、僕らより先に移動を始めている。

　僕らは湯滝をバックに並んだ。老人がペンタックスを構え、ファインダーをのぞき込んだ。左から歩いてきたカップルが僕らの前で足を止めた。右にいた浴衣《ゆかた》姿の団体客も、お、と言って動きを止めた。

　老人はピントを合わせた。長い長い時間をかけて、老人はピントを合わせた。

　――カシャリ。

　動きを止めていたカップルが、また歩き始めた。団体客も何かをまた大声でしゃべり始める。

「ありがとうございます」

　吉田くんが老人に走り寄った。老人と吉田くんは、笑顔で何ごとか言葉を交換する。

　僕らはまた少し歩き、灰皿のあるところで足を止めた。僕は煙草に火をつけ、上空に煙を吐き出した。最後の一本を勧めたけど、吉田くんは断った。

　あと少しでユキたちと合流する時間だった。

　考えてみれば、こんなに何日もユキと離れていたのは久しぶりのことだった。ユキに会ったら吉田くんの話をいっぱいしなければならない。分解の鉄則。吉田くんの決意。ユキは大興奮でそれらを聞くだろう。

舞子さんと吉田くんは、何て言葉を交わすのだろう、と思った。何か問題が起こりそうだったら、できる限りのことはしてあげたかった。吉田くんは僕に心を開いて、いろんな話をしてくれた。彼が舞子さんのことを、そして舞子さんとの生活を愛しているのは確かだった。発明に取り憑かれた人と同じように、家出に取り憑かれた吉田くん。それはきっと彼にとってどうしても必要なことだったのだ。だけどもう醒《さ》めた。それは夏休みと同じで、いつか終わることなのだ。

僕は煙草の火を消す。残りはついに、あと一本だ。

「温泉でも入りにいこうか?」

晴れ晴れとした気分で僕は言った。

「いいですね」

吉田くんが笑顔を作った。

僕らはその後、湯畑近くの外湯に入った。

男二人で温泉に入ったことも、お湯の温度が高すぎたことも、それほどの問題ではなかった。宿に向かう途中、また饅頭攻撃にあったけど、それだって全然嫌ではなかった。

問題は宿にチェックインしたとき発生した。

ちんまりとした洋館の外階段を昇ると、片引き戸の入り口があった。入り口を開けるとカラコロと音がした。山羊の首につけるようなベルの音。

中をのぞくと中規模なダイニングレストランになっていて、右奥に厨房《ちゅうぼう》があった。手前に簡素なカウンターがあり、そこがフロントのようだ。

声をかけると、厨房の奥から男が出てきた。宿の主人という感じの男だった。名前を告げると、ああ、と彼は言った。眼鏡の奥から、じっと僕らを見てから、はいはい、と二回言った。

「お待ちしておりました。電報が届いています」

淡々とした口調で彼は言い、青い台紙を差し出した。

僕はその台紙を受け取った。電報……？

「こちらにお名前とご住所をお願いします」

それとは別に、男はチェックイン用紙を指し示した。

荷物を置いて、僕は記帳した。男はこちらの手元を注視していた。後ろからかすかに吉田くんの呼吸音が聞こえてくる。

書き終えたので吉田くんと交代した。吉田くんは緊張した横顔でボールペンを握った。僕は一歩下がって、電報の封を開けた。フロントの男が僕に注意を向けるのがわかった。

――アシタノ　アサ　ジュウジニ　ソチラニ　ゴウリュウシマス　シンパイシナイデネ　ユキ　マイコ。

僕は電報を二つ折りにしてポケットに入れた。何気ないそぶりで荷物を持ちかえ、頭の中で素早く電報の内容を復唱した。『明日の朝、十時にそちらに合流します。心配しないでね。ユキ、舞子。』

フロントに目をやると、男が僕から視線を外した。記帳を終えた吉田くんが、顔を上げる。

「ありがとうございます」

と、男は言った。

「桐の間、ご案内お願いします」

男の視線は僕と吉田くんの間をすり抜け、いつの間にか僕らの後ろに来ていた男に向いた。その男がフロントに近寄り、ルームキーを受け取った。さっき駐車場で話をした人、確か名前は山本だ。

「予約は二名になっていますか？」

僕はフロントの男に訊いた。

「……予約？」

不可解だ、という顔で男は僕を見た。

「はい、二名で承っておりますが」

男は手元の書類をめくり、また僕を見た。

「……人数の追加ですか？」

三人の視線が僕に集中した。

「いや、いいんです」

僕は平静な声で言った。

山本さんは、一度フロントの男を仰ぐように見た後、僕を見た。そして、どうぞ、こちらにどうぞ、と言った。

山本さんに続いて、フロントから離れた。吉田くんが不安そうにこっちを見るので、電報を取り出して渡した。後で話そう、と小さく伝える。

山本さんに続いて僕らは木製の階段を昇った。外観とレストラン以外は和風な造りになっている。やがて僕らは桐の間に案内される。

そこは十畳くらいの和室だった。暖房とテレビと大きな座敷机。木製の座椅子と座布団。必要十分なものが揃っていた。ふすまの向こうの窓側には、縁側のようなスペース。隅に冷蔵庫と、小さなテーブルを挟んで向かい合わせに椅子がある。

「ようこそおいでくださいました」

と、山本さんは言った。

「今、お茶を淹れますので」

正座した山本さんが、茶箱の蓋を開けた。へらのようなさじを使って茶筒から急須に茶葉を移す。半身の体勢になって、ポットのお湯を注ぐ。

僕らは座敷机の前に並んで座った。

「お茶請《う》けです。どうぞ」

山本さんは茶菓子を差し出した。小さな餅菓子のようなものだった。「どうも」と、僕らは同時に頭を下げる。

こぽぽぽぽ、と山本さんがお茶を注いだ。ほうじ茶のいい香りがした。

「少し熱いので気をつけてください」

山本さんがお茶を差し出した。僕らはまた同時に「どうも」と頭を下げた。

「夕飯は六時にはご用意できます。時間になりましたら下に来ていただけますか?」

「わかりました」

「朝食は七時から八時の間です」

「わかりました」

「お風呂は一階になります。二十四時間、いつでもご自由にお入りください」

「わかりました」

山本さんは僕の目をじっと見た。僕はその目を逸らしてほうじ茶を飲んだ。山本さんは吉田くんのほうを、ちらと見た。吉田くんもお茶を飲んでいた。山本さんはまた僕の目を見た。

彼が何かを言いたいのだろう、ということはわかっていた。しかし僕としては、正直、早くこの場を去ってもらいたかった。

「では」と、山本さんが重い腰を上げた。

「何かございましたら声をかけてください」

僕らは立ち上がって彼を見送った。ドアが閉まって階段を降りる音が続き、やがてそれも消えた。

のろのろと動いた吉田くんが、座布団に腰を下ろした。

「……どういうことなんでしょうか?」

彼は泣きそうな顔をしていた。

僕はゆっくりと息を吐き出す。縁側のテーブルの前まで歩いていって、椅子に腰かける。テーブルの上には灰皿が置いてあった。

「電報に書いてあるとおりだよ」

僕は煙草を取り出した。

「僕に」と、吉田くんは言った。

「僕に会いたくないってことなんでしょうか?」

「基本的に吉田くんには、何も言う権利はないよ」

煙草に火をつけようとして、直前でそれをやめた。生涯最後の一本をこんなところで吸うわけにはいかなかった。

「受け入れろ」と、僕は言った。

「ユキと舞子さんがそう電報を打ったのなら、おれらにできるのはそれを受け入れることだけだよ」

「……受け入れろ」と、吉田くんは繰り返す。

「ユキと舞子さんは、今日は来ない。明日十時に合流する」

「はい。すいません、僕のせいで本当にすいません」

「いや、しょうがないよ。受け入れよう」

僕は煙草を箱にしまった。吉田くんがすいませんなら、僕は吸いませんだ。よいしょ、と声を出して、立ち上がった。荷物を備えつけのタンスにしまい、浴衣や歯ブラシをチェックした。テレビをつけて座椅子にもたれかかり、ほうじ茶の残りを飲む。

吉田くんはその後で、本当にすいません、を三回繰り返した。


六時までの二時間を、何もせずに過ごした。

ほとんど会話もせず、あくびをしながら再放送のドラマを眺めた。途中、何度か居眠りをした。ドラマが終わるとアニメーションが始まり、アニメーションが終わるとニュースが始まった。

ニュースの中で、チンパンジーの赤ちゃんが映り、そこに「世界初」というテロップが重なった。朝、新聞で見た人工授精で生まれたチンパンジーのニュースだ。

長い一日だ、と思った。しかしまだ一日は続く。ほうじ茶は結局、三杯飲んだ。

時間が来たので僕らはレストランへ降りていった。僕と吉田くんはテーブルに向かい合わせに座った。二つ向こうのテーブルに一組の老夫婦が座っていた。

さっきフロントにいた男が、料理を運んできた。どうやらこの男が、宿の主人兼料理長らしい。男は無言で前菜を並べた。フロントで応対してもらったときから感じていたのだが、どことなく態度が横柄だった。言葉遣いは丁寧なのだが、言い放つ、という感じのしゃべり方をする。

前菜として並べられたのは、マグロの燻製《くんせい》と帆立の貝柱のマリネだった。料理は箸で食べるらしい。

男は厨房に戻り、次の料理からは女性が運んできた。女性はとても感じがよく、簡単に料理の説明もしてくれた。

スープ。魚料理。野菜料理。肉料理。

食事のコースは進み、進むにつれて確信が深まっていったのだが、これらは全て非常に美味しかった。特にメインディッシュのビーフシチューは素晴らしかった。柔らかに煮込んだバラ肉に、深くて濃いデミグラスソース。絶品と言ってもよかった。

吉田くんも気持ちは同じなようで、だんだんと笑顔になっていくのが、見るからにわかった。僕らは小さな声で、美味いな、と言いあった。こうなってくると、主人の愛想が悪いのも致し方ない、とも思えた。美味しい料理を作るためには、多少犠牲にするものがあるのかもしれない。

デザートが運ばれてきた。紅玉の焼き林檎《りんご》にバニラアイスが添えられ、上に生クリームと、それから何かふわふわとした糸状のものがかかっている。美味い、美味すぎる、と、笑いをこらえながら僕らは言いあった。

最後にコーヒーが運ばれてきた。僕らはすっかり満足していた。美味しかったですねえ、と吉田くんが言う。

そのとき、浴衣を着た若い三人組の男がレストランに入ってきた。三人組は何かをしゃべりながら、レストランの中を見回した。一人の男が窓際を指さし、ほかの二人は、おう、おう、と返事をした。三人組は僕らとは反対側の窓側の席まで歩いていった。スリッパをぱたぱたと引きずりながら、彼らは歩く。

またしばらくすると今度は若い女性の四人組が降りてきて、そこに合流した。そのうち二人が、すれ違いざまに、ちら、と吉田くんを見た。

僕らはコーヒーに口をつけた。

窓際の席では騒々しく話の花が咲いた。川緑《かわみどり》は違うよ、とか、ジーパンでわかるよ、とか言うのが聞こえた。無愛想な主人がそこに前菜を運んだ。しばらくすると今度は、サメは魚だよ、とか、有名だよ、と言うのが聞こえた。

僕らはコーヒーを飲んだ。

と、彼らの話がやんでいるのに気がついた。瞬間的に彼らの視線がこちらに向いた気がした。僕は吉田くんの顔を見た。吉田くんもちらと僕を見た。

その後、彼らの爆笑が聞こえた。爆笑はしばらく続き、その後それは、ひそひそ話に切り替わった。何を言っているかはわからなかった。僕らはそれぞれコーヒーを飲み干す。

僕はカップを置き、立ち上がった。

「行こう」

「はい」

吉田くんも立ち上がった。

僕らはレストランを出た。無言で階段を昇り、桐の間の前で立ち止まった。吉田くんがルームキーを取り出し、鍵穴に差し込んだ。ぱちん、とバネ式の錠が跳ね上がり、ゆっくりと扉が開いた。

すでに座敷机は片付けられていた。

そこには布団が二つ並べて敷かれていた。丁寧で完璧な布団の敷き方だった。布団と布団の間が十五センチくらい離れていた。

十五センチ。

それは五センチでも五十センチでもなくて十五センチだった。非常に微妙な距離で、二つの布団が並んでいた。

「……何か重要な勘違いをされちゃってますよ」

ついに吉田くんが、それを口にした。

「間違いないな」

と、僕も言った。

久々に怒りがこみあげてくる気がした。

何だこの野郎、と僕は思った。怒りはさっきの男女七人に向いていた。あいつらはサメが魚であることも知らなかったくせに、おれたちのことを笑いやがったのだ。

「何だよ、あいつら」

僕は吐き捨てた。

「全くですよ」

吉田くんも気持ちは同じのようだ。

「何が川緑だよ」

そう言いながら布団を蹴り上げた。

大体、ユキたちもユキたちだ。彼女たちは、男二人で温泉宿に泊まる旅の不都合さを、ちっともわかっていないのだ。

二つに折れ曲がった布団を眺めながら、もしかしてこれは制裁なのか、と思った。だけど悪いのは吉田くんであって、僕じゃない。

「そこに立って」

僕は吉田くんに命令した。吉田くんは怪訝《けげん》そうな顔をしながら、僕の指さした場所に移動した。

「そのまま、向こうを向いて」

言われるままに回転した吉田くんの背面に立ち、自分と布団との距離を確認した。

「何なんですか?」

吉田くんは言った。いいから、と言いながら、吉田くんの腰に腕をまわした。

「なんです」

もう一回、吉田くんがそう言ったとき、僕の両腕は吉田くんの腰をしっかりとホールドした。

「かー、ちょ、ちょっと」

僕はしっかりと腰を落としたあと、吉田くんを持ち上げた。ひやー、と声が聞こえる。

ジャーマンスープレックス。

プロレスの芸術品と呼ばれるこの技で、僕は吉田くんを投げ飛ばした。どたん、と破壊的に大きな音がしたと思う。鮮やかな人間橋が、草津の喜楽館、桐の間に架かった。

この技はドイツ人のカール・ゴッチさんが開発した。それまでのプロレスの概念を変える、画期的な技だったらしい。中学のとき、僕のクラスでこの技を使えるのは僕だけだった。ブリッジをしたまま心の中でカウントを三つ数え、両手のクラッチを離した。吉田くんは布団の上で、ごろん、と転がり、正座する形になって僕を見た。

「なんなんですかー」

後頭部を押さえながら吉田くんは言った。

「びっくりするじゃないですかー」

吉田くんは嬉しそうな表情で僕を見上げた。僕は急に愉快になって、ふはははははと笑った。

「面白くないですよー」

言いながら吉田くんも笑った。

「おれは風呂に行ってくる」

「はいー」

と、吉田くんが言った。

「一緒に行く?」

「行きません」

嬉しそうに吉田くんは言った。


湯船に座ると、沈殿していた湯の花が一斉に舞った。

源泉のかけ流し。湯はとろりとして、すごく何かに効《き》きそうな感じがした。僕は、ぱしゃぱしゃと水面を叩き、これだけでも来てよかったな、と思った。

るるるーと歌うと、太く大きな声が響き、ららら一と歌うと、高く響いた。

僕はすっかり満足して、風呂を出た。

湯殿と本館をつなぐ渡り廊下には、いい風が吹いていた。浴衣がさらりとして気持ちいい。湯上がりに絞ったタオルは、いつまでもいい匂いがする。

桐の間に戻り、吉田くんに「ビールを買ってくる」と伝えた。

「はいー」と、吉田くんは言った。

「僕は今からお風呂に入ります」

宿を出て湯畑方面に向かった。饅頭攻撃はもう終わっていた。湯畑手前の酒屋で、ビールを六本と冷酒を二本、それからあたりめを買った。

浴衣姿の見物客が湯畑に向かっていた。湯畑はライトアップされて、エメラルドグリーンに輝いていた。きれいなもんだな、と思う。

今まで目にしてきた水の滝と、湯畑から落ちる湯の滝では、音も雰囲気も違うということに僕は気付いた。水の滝はザババババババだけど、湯の滝はドボボボボボ。背後の音は水がシャーで、湯はシュー。水の滝が何かを吐き出そうとしているように見えるのに対して、湯は何かを取り込もうとしているように見えた。

湯畑を一周して宿に戻る。

桐の間では、ほかほかになった吉田くんが僕を待っていた。

「遅かったじゃないですか」

ご機嫌な様子で彼は言った。草津の湯は、全ての者をハッピーにするらしい。

「吉田くん。今日はとことん飲もうじゃないか」

昔の上司ふうに言って、買ってきたビールを差し出す。

それから僕らは、競争するようにビールを空けていった。

隣に布団があるのだから、あとはもう、ただひたすらに飲めばいい。何だかわからないけど、ぐいぐい飲んだ。ビールがなくなると冷酒に進んだ。

なんとなくユキたちも、今どこかで飲んでいるような気がした。吉田くんにそう言うと、そうですねえ、と嬉しそうに言った。それだったらこういうのも、すごくいいですねえ。

買ってきた酒がなくなったので、冷蔵庫からビールを一本だけ取り出した。吉田くんはそれを正確に半分だけ飲むと、眠くなっちゃいました、と言って布団に入った。

「pH値二・〇八ってのはどのくらいすごいの?」

布団に向かって僕は訊いてみた。

「酸性度としては、胃液とそんなに変わらないんじゃないですかね」

「そりゃすごいな」

「すごいですよねえ」

と、吉田くんは言った。

彼は一度寝返りを打ち、すぐに寝息をたて始めた。

僕は残りのビールをゆっくりと飲んだ。

時計を見ると、まだ十時だった。テレビでは動物を題材にしたクイズ番組をやっていた。〃プラハのねずみとり〃という名の、小型犬についての特集だった。

洗面所に行って歯を磨いた。戻ってくると、吉田くんはさっきとは違う格好で寝ていた。

眠い、と思った。

ジャーマンスープレックスの跡の残った布団を直し、隣と一メートルくらい離した。

電気を消す前に、机に置いてあった電報を、もう一度読み直した。『明日の朝、十時にそちらに合流します。心配しないでね。ユキ、舞子。』

横になると何を考える間もなく、あっという間に眠りについた。

◇

なぜそんな時間に目覚めたのかはわからない。

深海に潜行していた潜水艇がゆっくりと上昇するように、僕は目覚めた。

体を起こして、トイレに行った。長い小便の後、なるべく音をたてないように部屋に戻る。

「……すいません。起こしちゃいました?」

かすれた吉田くんの声がした。声は窓側から聞こえた。見ると吉田くんが、テーブルの前の椅子に腰かけていた。

「起きてたの?」

少し驚いて、僕は訊《たず》ねた。

「ええ」小さな声が聞こえる。

「ちょっと前に目が覚めちゃいました」

足下に気をつけながら窓際へと歩き、吉田くんの向かいに腰かけた。こぽぽぽぽ、と吉田くんがほうじ茶を淹れてくれる。

「今、何時?」

「三時ちょっと前です」

潜《ひそ》めた声で吉田くんが言った。

「なんだか外が明るいんですよ」

吉田くんは立ち上がって、カーテンを開けた。薄い外光が、静かに部屋にさした。

「きっと月夜なんですね」

僕の義理の友達は、窓の外を眺め続けた。横顔が窓枠にきれいに映えていた。窓の外に、湯畑へと続く道が見える。

僕はほうじ茶を飲んだ。温かいそれが体に染み渡るようだった。頭はすっきりと冴えていた。

「散歩に出かけませんか?」

と、吉田くんが言った。

「行きましょうよ」

吉田くんは振り向いてにっこりと笑った。歯並びのいい歯が口の間から見えた。

「……そうだな。行こうか」

「はいー」

吉田くんは跳ねるようにして僕の横を通り過ぎ、扉のそばに常備してあった懐中電灯をとってきた。僕は立ち上がって浴衣の帯を締め直した。干してあったタオルをとって、首にぶら下げる。

うはははは、と、吉田くんは笑った。彼の持つ懐中電灯の光が、巨大な僕の影を、壁と天井に浮かび上がらせている。

吉田くんは深夜になると急に生き生きと活動を始める、これはユキに報告する必要があった。

それから僕らは廊下に出て、音をたてないように階段を降りた。「わくわくしますね」と、吉田くんがひそひそ声で言う。

非常口の鍵を開け、外へ出た。大通りには月明かりが落ちている。口笛を吹くと、音がよく響く。

湯畑とは反対方面に上っていけば、西の河原だった。僕らは足音を控えめにたてながら、ぶらぶらと坂道を上っていった。道にはほかに誰もいない。

「どうして西の河原っていうか知ってますか?」

「知らない」

「さっき知ったんですけどね」と、吉田くんは言った。

「賽《さい》の河原ですよ。地獄へ続く賽の河原」

「どうして?」

「河原っていっても流れているのはpH値二・〇八のお湯ですからね。植物も魚も育ちませんね。煙がもうもうとたち昇る荒涼とした川なんですね。だからそんな名前になったらしいです」

「へえー」

「鬼の茶釜なんてのもあるらしいですよ」

吉田くんはお気に入りの玩具を発音するように、オニノチャガマ、と言った。それから懐中電灯で脇にあった郵便ポストを照らし、うははははは、と笑う。

吉田くんは深夜になると生き生きと活動を始める、これはもう、絶対にユキに報告する必要があった。

月明かり、風もなく、よく晴れた夜だった。川の流れる音が小さく聞こえていた。しばらく歩くと、『西の河原園地』と書かれた巨大な看板が現れた。その脇を抜け、車止めを越え、僕らは河原に降りていく。

大きな岩がごろごろと無造作に転がっていた。川に手を突っ込んでみると、流れているのは確かに湯だ。

僕らは石畳の遊歩道を進んだ。月明かり以外に光源はなかったから、吉田くんの懐中電灯が役にたった。

湯、湯、湯。どこもかしこも湯だった。ところどころで源泉が噴き出し、溜まり、流れ、煙を上げる。真夜中に感じる自然の力は、どこか不気味なものだ。僕らは無口になって、上流へと進む。

前方の山が暗闇のシルエットを作っていた。木々が遊歩道にせり出し、歩くスピードに合わせて濃い影となって流れる。後方からは湯滝の音が聞こえる。

ふはははは、と、突然吉田くんが笑った。

あれ、あれ、と言いながら、彼は何かを指し示す。

そこには黒光りした胸像が二体立っていた。懐中電灯で照らされたそれは、立派なひげをたくわえた、威厳ある胸像だ。

「ベルツ博士とスクリバ博士です」と、吉田くんは言った。

「ベルツ博士は草津温泉の効用に着目して、立派な研究を行いました。スクリバ博士はその同僚です」

看板の文字を読み、彼はまた、うははは、と笑った。

二人の博士は精悍《せいかん》な表情で湯川を見下ろしている。

「こっちがベルツ博士です」

左側の像を、彼は照らした。

「こっちはスクリバ博士です」

右側の像を、彼は照らす。

「照らすなよ」

と、僕はつぶやいた。

頭の中には、ぼんやり別の映像が浮かんでいた。鉱山をさまよう二人組。登山靴にカーキ色のベスト。方位磁石にフィールドノート。崖の先を指さすヨシダ博士と、うなずくマモル博士。探検者たち。僕らには後世に残る発見ができるだろうか……?

「ひとっ風呂浴びようか」

と、僕は言った。それは探検ではないが、僕らにはこれくらいがちょうどいいかもしれない。

「風呂?」

「そう。あの池みたいなところで」

来る途中から気になっていたのだが、ところどころで源泉が噴き出して、小さな湯溜まりになっていた。入る人はいないと思うが、それらは確かに露天風呂だ。

「行こう」

先に立って河原に降りていった。吉田くんが慌てて前方を照らす。

さわさわと音をたてて湯川が流れていた。湯溜まりは川の脇にいくらでもあった。

入りやすそうな湯溜まりを求めて、僕らは川を下っていった。

「ここなんかどうかな?」

と、ヨシダ博士に訊いてみた。広さと深さが露天風呂としては適当と思われた。湯に手を差し入れたヨシダ博士が、「適温です」と応える。

素早く帯をほどき、浴衣を脱いだ。吉田くんが慌てて僕の足下から光を遠ざけた。月明かりの下で、僕は裸になる。

岩の上から手を突っ込んでみると、確かに適温だった。足を踏み入れて、そろそろと湯に沈み込んでいく。

湯面に波がたち、やがて反対側に達した。

ふー、と声を出して、僕は岩にもたれかかった。向こうで懐中電灯を持った吉田くんが突っ立っていた。

「気持ちいいよ」

「僕も行きます」

岩の上に固定された懐中電灯の光が、湯面をエメラルドグリーンに照らし出した。

吉田くんは左右を見回し、少し離れた場所まで浴衣を脱ぎに行く。こそこそした動きで側面に回り込み、僕の斜め後ろから、ちゃぽん、と入浴する。

僕らは並んで露天風呂につかった。

耳を澄ますと、湯の流れる音が聞こえた。

川があり、月があった。山があり、星もあった。ベルツ博士とスクリバ博士が、遠く僕らを見守っている。

ぱしゃぱしゃと顔を洗った。湯を叩く音が、夜空に響くようだった。

「気持ちいいですねえ」

「ああ」

僕は思いきり足を伸ばした。

「……夢のようです」

吉田くんが口笛を吹いた。

うーさーぎーおーいしのメロディーだった。かーのーかーわー、でそれは途切れた。最後まで吹きなよ、と言うと、吉田くんは続きを吹いた。ふーるーさーとー、のところで、僕は三度上をハモった。

それは思いのほか、きれいなハーモニーになった。

僕らはしばらく黙る。

「ユキさんたちも来ればよかったのに」

と、吉田くんは言った。

「本当だよな」

「マモルさんはユキさんのどこが好きなんですか?」

「は?」

湯面から首だけ出した吉田くんが、にこにこと僕を見つめている。

「馬鹿じゃねーの」と、僕は言った。

うはははは、と吉田くんが笑った。

「お前は舞子さんのどこが好きなんだよ?」

「僕はですね。なんと言っても丸いほっぺが好きですね」

「馬鹿じゃねーの」

ばしゃ、と吉田くんの顔に湯をかけた。

「何すんですかー」

吉田くんは顔を拭った。

にこにこした笑い顔が憎たらしかったけど、でも本当は可愛らしかった。多分、舞子さんはこれが好きなんだろうな、と思った。ほかにもあるかもしれないけど、少なくともひとつ、これは好きなんだろうな。

ざばん、と僕は立ち上がった。中腰になって両手に湯をすくいとるようにして、吉田くんの顔めがけて浴びせかけた。

うわち、と吉田くんは立ち上がった。急におかしくなって、僕は思いきり爆笑した。笑いながら吉田くんめがけ、湯を浴びせかけた。うはははは、と笑いながら吉田くんは逃げた。僕は攻撃を続けた。ゾウの周りをクマが回るように、吉田くんは逃げ続けた。

月夜だった。ふるちん探検隊の笑い声が、夜の空に響き渡った。

◇

僕らは厳粛な気分で朝食をとった。昨夜のことは昨夜のことだった。

朝食後、個別に朝風呂に入った。吉田くんはおみやげの温泉饅頭を買いにいった。

僕らは荷物をまとめた。喜楽館のタオルをぜひお持ち帰りください、ということだったのでそれも荷物に加えた。温泉成分の染み込んだタオルは、しばらくはその香りと効用を楽しめる、ということらしい。

あと三十分で十時というところでフロントから連絡があった。無愛想な主人が「電報が届いたのですが」と暗い声で言った。

中身を読んで停止している吉田くんから、電報を奪った。

——サキニ　カエル　コトニシマシタ　ヨシダケデ　マッテマス　ユキ　マイコ。

もう一度、文面を確認した。

——サキニ　カエル　コトニシマシタ　ヨシダケデ　マッテマス　ユキ　マイコ。

思考は十秒くらい停止したけど、次の三秒でその内容を受け入れた。『先に帰ることにしました。吉田家で待ってます。ユキ、舞子。』

素早く気持ちを切り替えることのほかに、僕らにできることはなかった。

「帰るぞ」

隊長ふうに僕は言った。

「……はい」

「帰ったら土下座でもなんでもすりゃいいんだよ」

「わかりました」

隊員ふうに吉田くんは言った。

フロントに降り、チェックアウトの手続きをした。料金を支払って領収書を貰った。

「ぜひまたおいでになってください」

抑揚のない声で、主人が言った。

僕は車のエンジンをかけた。四人がゆったりと乗れるように、と借りたセダン。いつの間にか後ろに山本さんがいて、車を誘導してくれている。

「ありがとうございました」

窓を開けて僕は伝えた。

「食事も美味しかったし、お風呂も気持ちよかったです」

山本さんは笑顔で頭を下げた。どうぞ、ぜひ、またどうぞ、と彼は言った。

「それじゃあ、さようなら」

草津と山本さんに感謝の挨拶をして、窓を閉めた。

来てよかったことにしよう、と僕は思った。バックミラーに山本さんを確かめ、右左右左とウィンカーを出した。ミラー越しに山本さんが頭を下げた。僕はゆっくりとアクセルを踏む。

ギルモアのギタープレイに酔っている場合ではなかった。ＣＤはネオアコをセレクトして、僕らは東京へ向かった。

◇

「ん？　温泉の匂いがしますね」

車のシートに座った工藤さんが言った。

「草津温泉です。最高でしたよ」

車の外から僕は言い、隣で吉田くんもうなずいた。

工藤さんはガソリンメーターをチェックし、走行距離を受領証に記録した。

「家出はどうでしたか?」

車から降りてきた工藤さんが、笑いながら言った。吉田くんが驚いた表情で、工藤さんを見る。

「……そうですね」

僕はゆっくりとしゃべった。

「当初の目的を達することはできませんでした。事態は最悪かもしれません。でもこうやって戻ってきました。家出とか旅とかで、何かが変わるなんて思ってません。戻ってきてから、何をどうするかだと思います」

「そうですか」

工藤さんは慈愛に満ちた目でうなずいた。吉田くんが目を見開いて、僕と工藤さんを眺めていた。

「今回はありがとうございました。本当に感謝してます」

と、僕は言った。こういう人には勝手に感謝してもいいのだ。

「いえいえ、とんでもありません。ぜひまたご利用ください」

工藤さんは僕に書類の控えをくれ、吉田くんにも名刺を渡した。僕らはお礼を言って営業所を出た。僕らが見えなくなるまで、工藤さんは見送ってくれた。

「知り合いなんですか？」

吉田くんが僕に訊いた。

「そういうわけじゃないけど……、でも重要な登場人物だよ」

「登場人物？」

「あの目には、それだけの価値があるってことだよ」

今回の旅の始まりと終わりには、工藤さんがいた。何かに宿る価値なんてものは、個人が勝手に見いだせばいいのだ。

「それより、大事なのはここからだろ」

「わかってます」

僕らは無言で吉田くんの家に向かった。

◇

吉田家に人の気配はなかった。

予測していないこともなかったのだが、運転に疲れていたこともあって、少しぐったりした気持ちになってしまった。玄関に荷物を置き、僕はため息をついた。

一足先に部屋にかけ上がった吉田くんが「ありました！」と叫んだ。どうせまた電報だろう、と思った。リビングに行くと、吉田くんがゆっくりと振り返った。

「……果たし状です」

手に持った和紙の包みを吉田くんは見せてくれた。果たし状。確かにその包みにはそう毛筆で書いてあった。包みを解くと蛇腹状に折り畳まれた書状が出てきた。

吉田直人どの

あなた様の取った一方的な行動について、我々は深い遺憾の念を禁じ得ません。一方的である、という点でそれはまさしく横暴でありました。我々は横暴を許す気はありませんし、理由を聞く必要すら感じておりません。

しかしながら一方、あなた様に対する愛情も我々は持っております。当事者である舞子は、今もってあなた様を好きということを表明しております。我々は話し合いました。そして結論を出しました。ご安心下さい。あなた様にチャンスを与えることにしました。

我々はあなた様に勝負を申し込みます。あなた様が見事、勝利した場合のみ、我々はあなた様の行動を無条件で受け入れます。

但し、我々が勝利した場合、あなた様とはその日をもって絶縁致します。また、この勝負をあなた様が受け入れられない場合も同様です。絶縁致します。

勝負の日時は二日後。八月二十三日、午後二時。場所は吉田邸のリビング。勝負は先日やった乱闘ゲーム、一本勝負にて決したいと存じます。本来なら当事者である舞子がコントローラーを握るべきですが、今回は私、不肖、柏木ユキが代打ちしたいと存じます。必ず勝ちます。以上。


「どうしましょう……」

吉田くんが呆然として立っていた。

書状は確かにユキの筆跡で書かれていた。彼女たちの主張は馬鹿げていたけど、そこには何かちゃんとした意味が宿っているように思えた。わからないやつもいるだろう。だけど僕にはわかる。

「……受け入れよう」

静かに僕は言った。

「こうなったら吉田くんにできることはただひとつ。勝つことだよ」

「でも、負けたらどうするんですか?」

「勝つんだよ」

僕は大声を出した。

「あさってまでは勝利目指して練習あるのみ。負けたら負けたで土下座でもなんでもすればいい。だけど今は勝利目指して努力するしかないだろ」

「でも、」

「でもじゃねえよ」と、僕は言った。

「これはチャンスなんだよ。勝てば全て丸く収まる。しかも吉田くんの得意種目。ユキたちは吉田くんにチャンスをくれたんだよ」

「……ユキさんは天才なんです」と、吉田くんは言った。

「僕にはわかります。この間はユキさんの経験が浅かったからまだ勝てた。けどあれで練習を積まれたら、もう勝てません」

「ガッツを見せろよ」と、僕は言った。

「家族のため、未来のため、自分のために、ユキを倒すんだよ。今こそ吉田くんのガッツを見せるときだろ?」

「…………」

「おれは今から家に帰る。それで、できるだけユキの練習を妨害しておく。吉田くんはとにかくあさってまで練習と、それから勝つための作戦を練ることに集中する。わかった?」

吉田くんは返事をしなかった。

「わかった?」

もう一度大声で訊くと、とても小さく吉田くんはうなずいた。

「ほら、じゃあ、もう今から練習しな」

「……今からですか?」

「そうだよ」

僕は仁王立ちで吉田くんを見守った。

吉田くんはのそのそと振り返って、テレビの脇からゲーム機をひっぱりだした。電源をつけて、ジャックにプラグを差し込む。

「じゃあ、おれは帰るから」

玄関に行って靴を履いていると、吉田くんが見送りにきた。

「……いろいろとご迷惑おかけしました」

「そんなことないよ。草津はすごく楽しかったし」

「はい。僕も楽しかったです」

「それじゃあ、あさってにまた来るから」

「わかりました」

挨拶をして玄関を出ようとすると、「あっ」と吉田くんが言った。

「ちょ、ちょっと待ってください」

吉田くんはリビングのほうに走っていった。僕は荷物を背負い直す。

「これ持っていってください」

戻ってきた吉田くんが温泉饅頭を差し出した。

「みんなで食べてください」

僕は無言でそれを荷物に加える。

「とにかく吉田くんは、勝つことに集中しなよ」

「わかりました」

「それじゃ、饅頭ありがとう」

ドアを開けようとすると、また吉田くんが「あっ」と言った。

「もし可能だったら、ユキさんがどんな練習をしているか連絡してもらえますか?」

小さな声で吉田くんが言った。

「それがわかれば、対策が打てるかもしれません」

「……わかった。必ず連絡する」

笑いをこらえながら、僕は外へ出た。

大丈夫。吉田くんならユキに勝てるだろう。ユキの操るひげの男がグワァーと叫びながら場外に飛ばされる姿を、僕は想像する。

草津に比べると、東京の夏は本当に暑かった。

◇

だけどそのあと、僕はユキたちの本気を目の当たりにすることになる。

地下鉄を乗り継いで戻った都民住宅では、ユキと舞子さんが練習の真っ最中だった。

「今の電撃をもう少し早めに出してみて」と、ユキが言った。

「じゃあ半歩手前でやってみる」と、舞子さんが言った。

くるん、とバック宙をした赤い帽子の少年に、ひげもじゃの男がずんずんと近付く。

少年は電撃を落とした。ひげの男は電撃が落ちるのと同時に、ぐわっとジャンプして跳び蹴りをくらわす。帽子の少年は舞子さんが操っていた。

だが安心してほしい。僕は吉田くんに報告するために、今のムーブをしっかりと記憶した。

「ママはどこに行ったの?」

と、僕は訊いた。質問するのは練習妨害工作の一環だ。

「横浜」と、ユキは応えた。

「横浜?　何しに?」

「デートよ」

少年とひげの男は、さっきと同じ攻防を繰り返した。今度はユキの蹴りが少年に届かなかった。

「やっぱりこのタイミングだと届かないな」と、ユキは言った。

「おれにもやらせてよ」

舞子さんからコントローラーを受け取り、ひげ男めがけて連続で電撃を出した。ユキはバックステップでそれをかわすと、ささっと間合いを詰める。

いつの間にか蹴りの間合いまで近付いたひげ男は、僕の電撃発射動作に、跳び蹴りを合わせてきた。そのあと続く連続攻撃に、防御は全く間に合わなかった。少年は場外に飛ばされ、うひょー、と声をあげた。こてんぱん、という感じだった。

「練習にならない」と、ユキは言った。

僕は吉田くんに向かって小さくガッツポーズをとった。練習にならなかったということは、確実にユキの練習を妨害したということなのだ。

「吉田くんはどうしてるの?」

とユキが訊いた。

「練習してるよ。必死で」

ユキは、そう、と言ってにやりと笑った。

「ねえ」と、僕は言った。

「本当に勝ったら吉田くんと絶縁するつもりなの?」

「そうよ」とユキは応えた。

「本当に?」

僕はまじめな顔を作って、舞子さんに訊いた。

「本当」と、舞子さんは言った。

「離婚するってこと?」

「まあ……、そういうことになっちゃうね」

「えー」と、僕は言った。

「それ、おかしいよ。ゲームでそんなこと決めるなんてあり得ないよ」

「私たちは決めたの」と、舞子さんは言った。

「決めた以上は真剣にいく」

「舞子も私も、それから多分、吉田くんも真剣なんでしょ？　まじめじゃないのは部外者のマモル君だけよ」

「そうかな？　ユキも舞子さんも楽しんでいるだけじゃないの？」

「もちろん楽しんでいるわよ」ユキは言った。

「でも大まじめだから」舞子さんは言った。

「大体、マモル君は甘いよね」

「甘い。甘すぎる」

「私たちは今までだって、こうやって生きてきたんだから」

「絶縁されたくなければ勝てばいいのよ。条件はフェアなんだから」

「勝負の基本はフェアネス」

「結末はハッピネス！」

「本当はね」と、ユキは言った。

「私は吉田くんに勝ってほしいのよ。私の屍《しかばね》を乗り越えて進んでほしいのよ」

「そうよね。それで全部丸く収まるんだから」

「でも勝つのは私」

「その勝ちに乗るのが私」

「どんなアングルでもいいの」

最後にユキはそう言った。

「乗るか乗らないか、人生にはそれしかないのよ」

ユキと舞子さんは、画面上の闘いに戻っていった。

一対二。ユキはコンピュータ制御の恐竜と、舞子さんの操る少年の二人を相手にしていた。少林寺の修行僧のように右に左に攻撃を繰り返す。

だけど二人の知らないことが、ひとつだけあった。

密約。

僕には吉田くんと交わしたあの約束があった。だから本当は、僕は部外者なんかじゃない。

ゆっくりと温泉饅頭をかじり、僕は考えた。

もちろんあの約束のことを話すつもりはこれっぽっちもなかった。吉田くんにも絶対にしゃべらせない。さらに言うと、もし仮にどのような事態になったとしても、そんな約束を守る必要は全然なかった。あんなものはただの気まぐれな口約束だ。約束なんかより大切なものはいっぱいある。僕は平気で約束を破る。それはアンフェアなのかもしれない。でも今までだって僕は、そうやって生きてきたのだ。

だけど……。

僕らが密約を交わしたことは絶対に消えない事実だった。それが誰にも知られなくても、守られなかったとしても、密約は交わされたのだ。

画面の中、ひげの男は恐竜のシッポをつかんでぶん回していた。おかげでまた電撃をくらったが、恐竜はそれで吹き飛ばされて、星となり消えた。

僕はゆっくりと温泉饅頭をかじる。

当事者。今まで自覚が足りなかったけど、僕は確かに当事者だった。約束したというその一点で当事者だ。なのにこの旅が始まってから、僕がやってきたことは何だ？

僕はまだ何もしていない。

ちゃんと当事者にならなければならない、と思った。何より僕は当事者になりたかった。一人だけ仲間外れ、というのは嫌だ。

やがて三日月の形に饅頭が残った。

昔、ユキはママに訊くという質の高い勝負をした。そのときも僕は傍観者だった。今度は闘わなければならない、強く思う。何より重要なのは、絶対に勝つ、ということだ。闘うということではなく、勝つというアングルに乗る。僕は決意した。勝てば密約もへったくれもない。勝つ！　ベルツ博士とスクリバ博士に誓って勝つ！

「そんな出来そこないのアングルには乗れないよ」

宣言するように、僕は言った。

舞子さんが驚いた顔でこっちを見た。同時に、うひょーという声が聞こえ、少年が星になった。ユキはゆっくりと振り向き、僕は残りの三日月を口に入れる。

「どういうこと？」

と、ユキが訊いた。

「吉田くんとユキが闘うのはいい。だけど、これは舞子さんと吉田くんの問題なんだ。それなのに舞子さんが、単なるセコンドになっちゃってるところがダメだ。アングルとして、しょっぱい」

僕は冷たい麦茶を飲んだ。

「どうしろって言うの？」

「おれも参戦する。勝負はおれと吉田くんのチームと、ユキと舞子さんのチームでつける。二対二だ」

　ふふふふふ、とユキは笑った。

「素晴らしいアイデアだと思う」

「おれたちは絶対に勝つ。そして離婚は阻止する」

「受けて立つわ」と、ユキは言った。

「上等よね」舞子さんも言った。

「今から吉田くんのところに行って泊まり込みで特訓する。最強の恐竜使いになって待ってる」

「マモルさん、格好いい」

　と、舞子さんが言った。

「愛してる」

　と、ユキが言う。

「お前らはおれと吉田くんがぶっつぶす」

　最後に僕は宣言した。

◇

生涯最後の一服をする。

吉田家の近くの公園のベンチに、僕は座った。新しく着替えを詰め直したエースのバッグから、最後に残ったハイライトを取り出す。

それは決意の一本だった。この一本を肺の奥まで吸いこんで、時間をかけて存分に味わう。で、美味しくいただいたその後は、それはもうきっぱりと煙草と縁を切る。

そして勝つための特訓に入るという、アングルを込めた一本。

残ったパッケージを、くしゃくしゃと揉《も》みつぶす。

この一本は喫煙人生の集大成たる一服にしたい。僕は目を閉じ、像を思い浮かべる。

イメージは処刑前、最後の一服を許された間諜《スパイ》だ。

彼は一吸いごとに己の人生をフラッシュバックさせるに違いない。幼き日々、誕生日のケーキ、両親の不仲、虐待、離婚、親類の家、転校、屈服、仲間、非行、集会、家裁、鑑別、初恋、更生、勉強、挫折、思想、逃走、誘惑、投獄、再会、脱走、訓練、指令、潜入、裏切り。

人生はロクなものではなかった。でもまあ、ここに至っては悪くない人生だったように思える。と、最後の一服の瞬間、彼の表情はそんなことを物語るのだ。

深呼吸をひとつ挟み、僕はその一本を口にくわえた。初めて煙草を吸ったときの、怖いような気分を思い起こす。

着火。乳白色の煙がたち昇る。

吸い、吐く。ハイライトは淡々と短くなっていく。それは待ってはくれない。

長さが半分になったところで、僕は火を消した。

頃あいが来たら終了。何ごとも終わるときにはそのように終わる。

あとには気分としての決意だけが残る。

◇

「もう一回説明してもらえますか?」

と、吉田くんは言った。僕は同じ説明をもう一回繰り返した。

「それがどういうことか、マモルさんはわかっているんですか」

声を震わせながら、吉田くんは言った。

「確かにユキさんは天才です。だけど僕にはまだユキさんに見せていない裏技だってあった。一回限りの勝負だったら、勝算は充分にあったんです。なのにどういうことですか。二対二ってどういうことですか」

「いや、大丈夫だよ」僕は慌てて言った。

「とにかく最後まで吉田くんが残れば、それで勝てるんだから」

「マモルさんは、何もわかってないです」吉田くんは声を荒らげた。

「四人でフィールドに立つということが、どういうことかわかってるんですか?」

「…………」

「誰かが最初に脱落すると、その後は一対二になります。つまり最初に脱落した人のチームが圧倒的に不利なんです。ほとんど勝ち目はありません。二対二だと、最初に誰が脱落するかで勝負が決まっちゃうんです」

「おれが最初に脱落するってこと?」

「そうです」

「それなら大丈夫」と、僕は言った。

「今から練習して、チームワークを磨いて、序盤に舞子さんを狙い打ちすればいいんだよ」

「当然、相手も同じことを考えてます。試合が始まったら、マモルさんは二人の集中攻撃を浴びることでしょう」

「だけど条件は五分《ごぶ》でしょ？」

「五分じゃありません」と、吉田くんは言った。

「僕にはわかるんです。マモルさんよりは、まだ舞子さんのほうに才能を感じます。この前、マモルさんと舞子さんは互角だったかもしれません。でも今度は違うと思います」

ぎゃふん、と僕は言いたかった。

「とにかくがんばるよ」

小さな声で決意を述べたけど、吉田くんは首を振るだけだった。

僕はテレビに向き直って恐竜のキャラクターを選択した。ポーンという音が鳴る。

「……もう全てお終《しま》いです」

と、吉田くんは言った。

「まあ、取りあえず練習しようよ」

明るい声で僕は言った。吉田くんはのろのろと赤い帽子の少年を選択した。ポーンと音が鳴り、画面は戦闘フィールドに切り替わった。

そりゃ、と声に出して僕は吉田くんに突っかかっていった。そして電撃を浴びた。何度も何度も突っかかっていったけど、そのたびに電撃を浴びた。やがて恐竜は吹き飛ばされ、星になってしまった。

ばふばふばふという鳴き声が哀しみの空に響いた。練習になりません、という言葉が僕の頭に浮かんだ。

「マモルさんには感謝してます」

吉田くんは下を向いた。

「でも、もうお終いです」

ファンファーレに続いて、少年を讃える紙吹雪が舞った。スピーカーからは『威風堂々』が流れ、You Win!という表示とともに、やがて音楽がフェードアウトしていく。

だが僕はにやりと笑った。そして「大丈夫だよ、吉田くん」と告げた。

「今、ものすごくいい作戦を思いついた」

吉田くんがゆっくりと顔を上げた。

「おれは帽子の少年で闘う。そして吉田くんは恐竜で闘う。素早く選択しちゃえば絶対気付かれない」

我ながらいい考えだった。吉田くんの顔が少しずつ輝きを増していくのがわかった。

「それは卑怯です。だけど素晴らしいアイデアです」

「いけるでしょ?」

吉田くんはかちゃかちゃとコントローラーをいじった。

「そうなると二人は僕を狙って攻撃してくるはずです。防御に集中すれば持ちこたえることはできます。マモルさんは上から電撃を飛ばしてください。そうすればユキさんか舞子さんに隙ができるはずです。そうしたら僕も攻撃します。舞子さんを飛ばすことができたら、僕らの勝ちです。いけます。勝てます」

「よーし」

僕は素早く赤い帽子の少年を選択した。ぽーん。

「がんばりましょう」

吉田くんは緑色の恐竜を選択した。ぽーん。

ピンク色のお姫様のコンピュータのレベルを4に、ひげの男のレベルは最強に設定して、僕らは勝利へのリハーサルを開始した。

◇

「こんにちは」

と、ユキが言った。

「お待ちしてました」

吉田くんがぺこりと頭を下げた。

「今回はお騒がせして本当に申し訳ありませんでした」

吉田くんはしっかりとした態度で頭を下げた。舞子さんが緊張した様子で、それを見つめる。

僕らはユキと舞子さんをリビングに招き入れた。部屋にはエアコンが効かせてあった。テーブルの前に座るよう、僕らはうながした。ユキと舞子さんは並んでそこに座る。

席にはそれぞれコップが並べてあった。直径が大きくて厚くて浅いガラスのコップ。

「今日も暑いですね」

吉田くんがテーブルの真ん中にアイスコーヒーの入ったピッチャーを出した。その脇にロックアイスを盛った八角形の皿を置き、アイストングを添える。

僕らはそれぞれ氷をコップに取った。アイスコーヒーを注ぐと、氷がすべるように回転して涼しげな音をたてた。

「ミルクとシロップはご自由にお使いください」

と、僕は言った。

一口飲んで、顔を上げた舞子さんが「美味しい」とつぶやいた。僕と吉田くんは心の中でガッツポーズをする。

「はい、これ、おみやげ」

ユキが小さな紙包みを出した。

「トンボ玉のペンダント。軽井沢で作ってみました」

包みを開けると、小さなトンボ玉に黒い革ひもが通してあった。涼しげで清らかなみず色のガラス玉で、真ん中に白いうずまき模様が入っていた。吉田くんとおそろいらしい。

「ありがとう」

「ありがとうございます」

「どういたしまして。温泉饅頭も美味しかったよ」

僕らはそのペンダントを着けてみた。

「似合う」

舞子さんが嬉しそうに僕らを見た。

「チームって感じになったじゃない」

ユキも嬉しそうだった。

僕らは残りのアイスコーヒーを飲んだ。これを飲み終えたら勝負が始まる。コップの外側を水滴がつたい、テーブルに丸い輪を作る。

吉田くんがアイスコーヒーを飲み干し、それで全員のコップが空になった。

「それじゃあ、そろそろ始めようか」

と、ユキが言った。

「はい」

静かに吉田くんが言った。

「ちょっとトイレに行ってくる」

僕は席を立った。急いでトイレを済まし、戻ってきて着席した。

「ルールを確認しておきたいのですが」と、吉田くんは言った。

「時間無制限で、全員ハンディキャップ3でスタート。一人でも生き残ったチームの勝ち、でいいですよね」

「うん」

「最後に残った二人が、同時に飛んだ場合のみ、ドローでいいですね」

「そうね」

「ほかに何かありますか？」

「大丈夫」

「特にないです」

「わかりました」

吉田くんはテレビのスイッチをつけた。僕らはテレビの前に車座になって座った。ここ一番の吉田くんは、とても頼もしい感じだ。

「では始めましょう」

落ち着いた声で吉田くんが言った。奥行きのある立体音がスピーカーから流れ、ゲーム会社のロゴが画面に浮き上がった。ゲームのロードが終わり、吉田くんがモードを二対二に設定した。僕はコントローラーを握り直す。

キャラクター選択画面になった。ユキと舞子さんがキャラクターを選ぶのに合わせて、僕らは作戦どおり、素早くキャラクターを選択した。

画面がバトルフィールドに切り替わった。僕らの作戦が気付かれている様子は全くなかった。勝った、と僕は思う。

——Ready Go！

かけ声とともに勝負は始まった。

浮き立つ気持ちを抑えて、僕はフィールドを駆け昇った。左上。作戦どおりのポジションを僕はキープする。

あとはここから吉田くんに攻撃を仕掛ける二人に電撃を落とし続ければよかった。僕は赤い帽子の少年を、くるん、とバック宙させる。

吉田くんはのそのそした歩みで進み始めていた。それは誰が見ても、僕が操る鈍重な緑の恐竜に見えた。恐竜は画面の真ん中まで来ると、ゆっくり右を見て左を見た。次に上を見て下を見た。

僕はまた赤い帽子の少年を、くるん、とバック宙させる。吉田くんの厳しい指導により、僕はいつ如何《いか》なるタイミングでも電撃を落とすことのできるサンダー小僧になっていた。さあ来い、と僕は思う。

ユキの操るひげ面の男は画面右下のポジションをキープしていた。男は少し前に出ると、その位置で屈伸運動を始めた。

舞子さんの操るピンク色のお姫様は、画面左下あたりにいた。一歩前に出て、ぴょんとジャンプをした。前を見て後ろを見て、また一歩後ろに戻った。

さあ来い、僕は身構えた。緑の恐竜が首を伸ばして左右をうかがった。僕は、くるん、とバック宙した。

ユキは相変わらず屈伸運動を繰り返していた。舞子姫は前に進んだり後ろに戻ったりを繰り返し、ときどき、ぴょんとジャンプをした。

さあ、と僕は思った。

しかし二人が攻めてくる様子はなかった。僕は少し不安になってきた。

——どんなときにも動揺せず、落ち着いて行動してください。

そう吉田くんに言われたことを思い出し、くるん、とバック宙をする。

最初に動いたのは吉田くんだった。緑の恐竜はゆっくりと舞子さんのいる下の階に降りようとした。舞子さんが少しだけ後ろに下がり、ユキは屈伸運動を止めて身構える。

恐竜の操作主は僕と思われているはずだった。僕は二人が恐竜に攻撃を仕掛けるのを待った。

二人のいる最下階に吉田くんが達した。しかし二人はまだ動きを見せなかった。

吉田くんはこちらからの攻撃を決心したようだった。当然、狙いは舞子さんだった。とにかく舞子さんを飛ばしてしまえば、勝ちは決まるのだ。

吉田くんは炎の玉を吐きながら、舞子さんに近付いていった。しかし舞子さんは素早く上の階に移った。すぐに吉田くんがこれを追った。僕はじっくり狙って電撃を落とした。舞子さんはひょいとこれを避けた。続く吉田くんの恐竜打撃も軽く避けた。

二人で舞子姫を追いつめる練習は、散々やってきた。左右から彼女を挟み打ちするために、僕は下階に降りた。吉田くんの炎に追われて近付いてきた舞子さんに、僕はタックルを放った。彼女はそれをガードし、続く吉田くんのパンチも完璧に防いだ。次に僕が電撃を放とうと念をこめた瞬間、ユキの攻撃が飛んできた。

僕はフィールドに倒れ込み、その脇を舞子さんが逃げていった。ユキはそのまま吉田くんにも攻撃を仕掛け、それを嫌った吉田くんは、逃げるように舞子さんを追った。

立ち上がった僕は、舞子さんを目で追った。電撃で狙おうとすると、またひげの男がどしどしと、近付いてきた。

ユキたちが二人がかりで恐竜を狙ってくるだろう、という予想は見事に外れた。

つまりユキたちは、攻撃と防御を完全に分業してきたのだ。

舞子姫は逃げることに専念する。ユキはそれを守りながら闘う。

僕らは何度か舞子さんを追いつめて、そのたびにユキに蹴散らされた。舞子さんは逃げのプロフェッショナルで、ユキは攻撃の天才だった。彼女たちのゲームプランは、お互いの特性を生かしたものだった。対する僕らの作戦は、ただ中に入る人を交換しただけだった。

やばい、と思う。僕のライフは確実に減り始めていた。これ以上、大技をくらうのはまずかった。

僕らは動揺しながらも、それでもなんとか打開策を見つけようと、攻撃の矛先《ほこさき》をひげの男に切り替えた。

僕らに挟まれたユキは高速回転ゴマのように暴れ続けた。うかつに攻撃を仕掛けると反撃をくらった。あるいは吉田くんの操る赤い帽子の少年なら、この事態を打開してくれるかもしれなかった。しかし実際に吉田くんが操っているのは、破壊力はあるがスピードの遅い緑色の恐竜だった。僕らがひげの男に手こずっていると、遠くから舞子姫が花瓶のようなものを投げつけてきた。

僕が花瓶をガードすると、その瞬間、ユキが三段蹴りを繰り出してきた。うわっと僕が声に出し、ユキが、ん？　と言った。

「これマモル君なの？」

蹴りを出しながらユキが言った。

「違うよ！」

ガードをしながら僕は言った。

「なるほど」と、ユキは言った。

「そういうことだったのか」

ユキはその後、赤い帽子の少年だけを狙って攻撃を仕掛けてきた。少年はがんばって逃げた。吉田くんもよく助けてくれた。しかし少年が電撃を落とす動作に入ったと同時に、ユキの跳び蹴りが飛んできた。それはどこかで見たことのある光景だった。草津から帰ったあの日、ユキと舞子さんが練習していたムーブだった。

少年は蹴りをまともにくらった。うひょー、と叫びながら少年は飛び、やがて星になってしまった。

そして恐竜だけが残された。

恐竜の左には屈強なひげの男が立っていた。右にはいまだ無傷な舞子姫がいた。恐竜は左を見て右を見た。逃げ道はなかった。ユキたちの猛攻撃が始まった。

「がんばれ！」

僕は祈りを込めて叫んだ。

実際、そこから吉田くんは驚異的な粘りを見せた。ユキたちの集中攻撃を耐えしのぎ、ときには反撃を見せた。その姿はとても美しく感動的だった。しかしその美しさは、滅びゆく中生代の巨大生物のそれと同じだった。運命に呑まれゆく際《きわ》の、誇り高く、そして哀しい姿だった。

敗北。

それは人生最大のピンチだった。なんて馬鹿なことをしてしまったのか。後悔のマグマがふつふつと湧き上がった。やがてそれは爆音とともに噴出して空を焦がした。

こんなことは本意じゃない。本意じゃなかった。僕はつい、本当についい、調子にのってしまっただけなのだ。

僕は頭をフル回転させる。今まで僕の進んできたちんけな道の前に、ユキたちの唱えるフェアネスが立ちはだかっていた。それは初めて目にする巨大な壁だった。内緒の通用門を探したが、そんなものはどこにもなかった。その壁には、僕の今までの方法が通用しないのだ。

紫の空が頭の上に落ちてくる気がした。

後悔している場合じゃなかったけど、後悔以外にすることがなかった。

甘かった。甘すぎた。ユキたちは吉田くんの家出にきっちりと答えを出した。将来を朗《ほが》らかに明示した。彼女たちには覚悟があった。その覚悟に僕らは勝利で応えなければならなかったのだ。だけど僕らにあったはずの勝算は、ただのトリックだった。

「がんばれ！」

緑の恐竜に、いちるの望みを託す。だけど――、

ばふばふばふばふばふ、と恐竜が哭《な》いた。

恐竜はゆっくりとフィールドの外に飛んでいった。それは輝く星となり、やがて消滅していった。吉田くんが肩を落とすのがわかった。

ぱらぱぱらぱぱらぱぱー。

ユキたちの勝利を讃えるファンファーレが鳴った。

姫とひげ男の頭上に紙吹雪が舞った。歓声に引き続いて、厳《おごそ》かに『威風堂々』が流れる。

「ごめんなさい」

腹の底から僕は謝った。

僕らがフェアネスの分野で、ユキたちに勝てるわけはなかった。彼女たちはもともと、そうやって生きてきたのだ。だけど、と僕は思う。フェアネスは大切だけど、そ

れだけじゃたどり着けない場所だってある。楽観とフェアネスを混ぜると、きっといい色になるのだ。

「本当にごめんなさい」

僕は深々と頭を下げ続けた。ユキたちは遠い箱庭を窓の内側から見るように、僕を眺めていた。

やがて、ぶーん、という音が聞こえてきた。低く唸るような、至近からの声。それは吉田くんの魂の叫び声だった。

吉田くんは正座した足の上で、両手を固く握りしめてうつむいていた。膝の前にはコントローラーがあった。

「……茶番です」

振り絞るように吉田くんは言った。

吉田くんは右の手の甲で目を押さえた。そして、うおう、と呻《うめ》くような声を出した。

今度は左手で目を押さえた。

「こんなものは茶番です」

吉田くんの喉が小刻みに震えた。

「僕は……」

拳が固く固く握りしめられていた。

「僕は、」

吉田くんは洟をずずっとすすった。そしてまた目を押さえた。

「なあに?」

絶妙なタイミングで舞子さんが訊いた。吉田くんはうつむいたまま、変な音を洩《も》らした。トンボ玉のペンダントがかすかに揺れていた。今、僕らは心をひとつにして吉田くんを見守っていた。

「僕は確かにユキさんの果たし状を受け取りました。僕はユキさんとの勝負だったら受けてもいいって思ったんです。僕一人だったら勝てるはずだった。なのに……」

ぽた、と涙がこぼれた。

「なのに二対二ってなんですか。こいつが勝手にそんなことを決めてきただけで、僕は心からは納得していません。本当は僕とユキさんの勝負だったはずです。そうじゃないですか? お願いします。僕ともう一回、一対一で勝負してください」

踏み越えやがった、と僕は思った。大切なものを守るために、吉田くんはフェアネスを踏み越えた。吉田くんは家を出て決意し、旅をして戻った。そのあと敗北して、殻を破ったのだ。

「……そうよね」

と、舞子さんは言った。

「全部、何もかもおれが悪かったんだよ」

すかさず僕も言った。

僕と舞子さんはユキを見た。ユキは舞子さんを見て僕を見た。僕は工藤さんの真似をして、深くうなずいてみせた。アンフェアでもなんでも構わない。

ユキは目を伏せた。

「私はユキと直人くんの勝負が見たいな」

小さな声で舞子さんが言った。

「おれも見たい。本当は一体どっちが強いんだろう?」

もっと小さい声で僕は言った。

ユキは吉田くんを見た。二人はしばらく見つめ合った。

「お願いします」

心を込めて僕は言った。

「……わかった」

と、ユキは言った。

◇

当たり前だけど東京にも美しい夕方がある。

僕らは川沿いを埠頭《ふとう》に向かって歩いていた。

どんよりとした空は次第に色をなくし、濃紺の川面を風が勢いよく渡った。家路を急ぐかのように小型船が遡上し、低空飛行するかもめが水しぶきをあげて着水した。カモの群れが縦一列に浮いて揺られていた。

結論から言うと、吉田くんは勝負に勝った。

勝負が始まると同時に、くるん、とバック宙した吉田くんは、いつもどおり落ち着いてプレイしているように見えた。吉田くんは一撃離脱を基本に、丁寧にゲームを組み立てていった。吉田くんの攻撃が当たるたびに、僕と舞子さんは大声援を送った。

がんばれ、と僕は叫んだ。そこで電撃、と舞子さんも叫んだ。

すっかりヒールと化したユキは、オラオラオラなどと叫びながら攻撃を繰り返した。それなりにその攻撃が功を奏することもあった。しかし基本的に吉田くん優位に戦闘は進んだ。電撃が落ちる瞬間に跳び蹴りを放ったユキは、それを読みきった吉田くんの双手突《もろてづ》きをくらって悶絶《もんぜつ》した。そして最後は星になって消えた。

ありがとうございました、と吉田くんは何度も頭を下げた。

全てを出しきった吉田くんが格好よかった。全てを受けきったユキが格好よかった。ユキは吉田くんの心と技の全てを、正面から受けきったのだ。

僕と舞子さんは二人に拍手を送った。『威風堂々』に合わせて、僕らはいつまでも拍手を送った。

その後、もう一回だとユキが言うので、僕らはまた四人でプレイした。吉田くんは五勝、ユキ三勝、僕と舞子さんは〇勝という結果だった。

「いい勝負だったよね」

横を歩くユキに僕は話しかけた。

「うーん」

風がゆっくりと流れていった。

「私は不本意だったけれど……」

ユキはまだそんなことを言った。

いつも思うのだが、僕はユキの横顔が好きだった。大好きだ。白くて小さくて丸いおでこと、くっきりと意志的なあごの形。芸術品と言ってもいい。

冷凍倉庫群を抜けると、立ち入り禁止の看板のついたフェンスにたどり着く。そのフェンスを乗り越えて入り込む埠頭が、僕とユキのお気に入りの場所だった。係留された船を前景に、浜離宮が見えた。その向こうには汐留《しおどめ》のビル群や東京タワーが見える。かもめがときどき、ひきつったような鳴き声をあげる。

突堤《とってい》に腰かけて、僕らはアイスを食べた。食べ終わるとユキは僕を見て「土」と言った。

「おれも土」

と、僕は言った。

対岸の竹芝桟橋《さんばし》には、大型船が留まっていた。そのエンジン音がここまで届いている。ユキはそれをじっと見つめた。

「かめりあ丸」

と、ユキはつぶやいた。視力のいいユキは、普通の人には見えないような、遠くのものを見ることができる。

「土」

もう一度、ユキは言った。

空は群青から黒に色を変えつつあった。落陽。波が岸にぶつかって、舫《もや》われた船がぎしぎしと音をたてる。

「そういえば、」

と、ユキが言った。

「吉田くんとの旅はどうだったの?」

「話したいことがいっぱいあるんだ。ありすぎる」

と、僕は応えた。

「じゃあ、後でゆっくり聞かせてね」

嬉しそうに、ユキは言った。

水面を漂っていた鵜《う》が飛び立ち、あっという間に闇に消えた。

去年の夏、二人で花火を見にいった。スターマインの連発の合間に、しだれ柳が夜空を飾った。金色の余韻が夜空全部に広がって、ゆっくりと時間をかけて落ちてきた。僕らはそれを息を呑んで見守った。

目の前に浴衣を着せられた小さな女の子がいた。その子が「あれ、つち」と指をさした。男親がその子を抱き上げて、「そうか、あれが好きか」と笑った。

柳の花火はその後、何発も上がり、その子はそのたびに「あれ、つち」を繰り返した。

それ以来、僕らはときどき、「土」と言い合う。

かめりあ丸がゆっくりと動き始め、汽笛の音が大きく響いた。呼応するようにかもめが、きいいと鳴き声をあげた。

予感かもしれないし、希望かも、満足かもしれなかった。

願いかもしれないし、諦めかも、土と言いたいだけかもしれなかった。

とにかく何かの気分に包まれて、今、僕らは海と川の間にあるこの景色を眺めていた。それがとても気持ちよくて、離れたくなくて、名残惜しかった。

でも、もうすぐ完全に日が暮れる。

そうしたら夏休みは終わりだ。

◇

夏が終わり秋が来た。

吉田くんの誕生日に、僕らは三人でお金を出し合って自動防湿庫を買った。三万四千円。それは年間を通して、庫内の湿度を低く一定に保つ、優れものだった。それでいて電気代は月に三十二円しかかからない。

吉田くんはそこに五台のカメラを収める。

もうこれ以上、カメラが増えることはないだろう。吉田くんはときどきそこからカメラを取り出して、使ったり、メンテしたりすればいい。

「ありがとうございました」

吉田くんから電話がかかってきた。

「感動しました」と、吉田くんは言った。

「すごいんですよ。中にですね、しけった煎餅《せんべい》を入れておくと、次の日にはパリッとしてるんです」

弾んだ声で吉田くんは言った。

僕の机の上には、吉田くんと撮った、あの日の写真が飾ってあった。神妙な顔をした二人の男。湯滝。白黒写真。吉田くんが分解して命を吹き込んだペンタックスは、少しぼやけながらも僕らの夏の輪郭をしっかりと切り取っていた。

「ユキさんに代わってください」

はいー、と言って僕はユキに受話器を渡した。何度も笑い声が聞こえた。ユキは吉田くんのことになると、本当によく笑うのだ。

それから何日か経ち、僕にとってはビッグサプライズな出来事が起こった。

テーマはまた家出。ある晴れた秋の休日、夕方のことだ。

「家を出ようと思うの」

ママがいきなりそんなことを言った。

「そう」

しかしながら、ユキはあっさりと応えた。

「結婚でもするの？」

「するかもしれないし、しないかもしれない。ちょっと一緒に暮らしてみてね、それから決めるの」

「横浜の人とですか？」と、僕は訊いた。

「まあ」ママは驚いた顔をした。

「あなた何をしゃべったの？」

「何もしゃべってないわよ」

「いやあね、あの人は全然、そんなんじゃないのよ」

ママは僕に向かって弁解するように言った。

「どこに引っ越すつもりなの？」

「八王子」

「遠いなー」

「遠くなんかないわよ」

「遠いわよ」

「マモルさんはどう思いますか？」

二人が同時に僕を見た。

「えーっと」と、僕は言った。つまらない意見を述べるわけにはいかなかった。

「……箱根よりは近いです」

「ふーん」

と、二人は言った。それなりに納得したようだった。

「それでね、ユキにお願いがあるの」

「なあに?」

「仏壇セットをね、預かってほしいのよ」

「えー、いやよ」ユキは声をあげた。

「ダメよ。これからはね、あなたがあれを持ってなさい」

楽しそうにママは言った。

「マモルさんも宜しくお願いします」

「お任せください」と、僕は応えた。

ユキはまだぶつぶつ何かを言っていた。

「次にあそこに入るのは私なんだからね」と、ママは言った。

「みんな、順番だけはちゃんと守ってね」

部屋には西日が差し込み、床にブラインドのしま模様ができていた。

「八王子の人は長持ちしそうなの?」と、ユキが訊いた。

「そうだといいわねー」のんびりとママが応えた。

毎朝テレビに合わせて体操をするこの人は、いつも血色がよかった。疲れている日は、疲れているということがあからさまに伝わってくる人だった。そしてそういう日は素晴らしい速さで寝てしまうのだ。

「お義母《かあ》さん」と、初めて僕は言った。

この人は僕の顔をじっと見た。髪の毛が西日に照らされて金色に光っていた。

「出ていく前に、お茶の淹れ方を教えてください」

僕の義母は少し眩しそうな顔をした。そして、真剣勝負という感じにうなずいた。

この人は出ていき、僕らは残る。

それはとても自然なことのように思えた。本当にそれが自然なことだったら、と僕は思った。ママはすごい。本当にこの人はすごい。

狼のオスはある日突然、群れを出ていく。群れはそれを受け入れる。自然に受け入れる。全幅の信頼と愛情に基づいてのみ、その自然さがある。

「なに泣いてんのよ」

ユキが僕のほっぺたを突っついた。

「泣いてないよ」

僕は慌てて首を振った。

西日に照らされて、全てが眩しかった。ユキとママが僕の顔をのぞきこんできた。

「いや、本当に泣いてないですよ。全然、全く」

季節が変われば、この部屋に越して一年ということになる。

金色の日差しが、部屋中を甘く軽やかに跳ね回っているようで、僕は何度もまばたきをした。

解　説

お茶うけにどうぞ

酒　井　雄　二（ゴスペラーズ）

いやー愉快でした。

読み終わって「なんかスカーッとした」と口に出して僕は言い、なおかつ心がじんわり晴れやかな、いい気持ちで満たされている。こんな読後感を味わうのは、思いのほか久しぶりの事のような気がします。

ちょうどこれを書いている二〇〇六年春の日本は、トリノ五輪での金メダルやWBCでの王ジャパン優勝など、感動的な出来事が続々と押し寄せる毎日です。でもって、やれ感動をくださいだの感動をありがとうだの、もはや選手の偉業もよく見えなくなるほど、私たち視聴者は感動待ちだったらしいのでした。なんだかなあ。どうも引っかかるのは、みんなが求める感動の方向が一種類になっちゃってるような雰囲気のある点ですよね。いわば大作映画のような感動があればもういいや、ってなムード。でも、いくら時間がなくて色んな物事をはしょって生きている人にだって、色んな心の動きはあるわけで。微笑みとして表れる深い感動もあるはずだし、息が止まるような厳《おごそ》かな感動だってある、そういうさまざまなタイプの感動を認めてあげたいよなあ、なんて思っていたんです。まさにそんなタイミングで、この小説を読んだ。

だから、『夏休み』が残していったこのすがすがしいタイプの感動。これがね、格別心地よかったんだろうなと思うわけです。風呂上がりに水を飲むような、押して欲しかったツボを押してもらえたようなカタルシス。そういえば、仕事で日本のあちこちへ飛行機移動するたびに、機外の映像を映し出すモニターを何気なく眺めながら「滑走路を走っているあいだって、車輪を回してんのか、それともジェットエンジンを弱火で噴射してんのか、どっちなのだろう」というぼんやりした疑問を思い出してはすぐ忘れる、ってのを僕はここ数年ずっと繰り返していたのでした。ネットで検索すればたいがいの疑問が氷解しちゃうこの時代、一番たちの悪いのがこの手の潜伏系の、どうでもいい小さな疑問です。なにしろ忘れちゃうから。そこへ来て物語序盤でユキがこの話題を切り出したものだから、僕は一瞬身震いして、嬉々としてページを繰りながら彼女の明晰《めいせき》な話の運びに身を任せたのでした。マモルとママ同様に神妙な顔をして頷《うなず》きつつ読み進め、そして深く感嘆。いやあ、ユキかっこいい！……なんて、このシーンにこんなに共感してる読者も、そんなに多くはないかも知れませんけれどもね。ただ、冒頭からこの辺りまでで僕はもう、マモルとユキにすっかり親しみをおぼえていたんです。しかも驚くほどすんなりと。

この作品にはそんなポイントが、随所にあります。話のそこここに配されたさまざまなアイテムが、やけにニクいとこを突いてくる。それが、なんだか他人事ではなく感じられて、登場人物への共感に繋《つな》がっている。なぜだろうかと考えて、マモルもユキも吉田くんも舞子さんも、おそらくは僕と同世代なんじゃないかという仮説に至りました。ちなみに僕は一九七二年生まれで、中村航氏とほぼ同じ世代（飲み会で判明したところによると、出身地もわりと近い！）なのも無視できないところ。そういう場合、テレビやら音楽やらの「どの辺をリアルタイムで体験したか」が揃ってくる。酔って「盗んだバイクで走り出す」とか「いい旅チャレンジ20000km」なんて身体に染み込んだフレーズを、会話のネタに盛り上がれもするでしょう。〝僕らはいつだって、そういう完結した小空間が大好きなのだ〟というマモルの仕事部屋に対するモノローグもありますが、ここでいう「僕ら」にもまた、ユキたち家族のことではなく、むしろ男子向け雑誌の見出し風なニュアンスを見てとるべきだと思います。これはいわば、今や大人になってその手の雑誌の読者を卒業したジェネレーションに、一種の連帯感を投げかけてくる語法なわけです。そんな「僕ら」には、たとえば学生運動の盛り上がりとか、時代の判りやすい目印のようなものは全然無い。けれど、こんな風にならら、自分の世代の気分を切り取れるんだなと気付かされました。まるで自分がドンズバ狙い撃ちされたような、うれしい気分です。

もちろん、このストーリーの面白さが決してそういったディテールにあるわけではない事は、ここを読んでいる皆さん異論のないところだと思います。序盤でマモルと吉田くんとが、義理の友達として交わした密約。これが思いもよらず現実味を帯び始めたことで徐々に高まってゆく緊張感と、とばっちり破局の気配。平穏な日常とおかしな家出の旅のその裏で、まさかとは思いつつもひそやかに強まってゆくこの不穏な空気が、物語を貫く軸になっていますよね。そして、まさにクライマックスというべき乱闘ゲーム対決のシーンでこのまさかと現実がひっくり返る。この辺りのスリリングさたるや、息を呑んだり手に汗を握ったりするぐらいでは済みません。読んでいるほうも本当に進退窮《きわ》まって「どうしてこんな事になってしまったのか、何を間違えてどこからこうなってしまったのか?」とぐるぐる煩悶しながら、マモルと共に事の成り行きをただ見守るほかないのです。もちろん、その後にはとびきり心地いいエンディングという救済が、待っていてくれたわけですが。

そうなんです、そもそも一体なぜなのでしょう？

どうして、ユキの『新しい価値の創出』の手段に、テレビゲーム勝負が選ばれたのか。どうして、マモルはそれを二対二の勝負に組み替え、こじれさせてしまったのか。

一見すっとんきょうにも見えるこれら二つの提案を、ユキ個人の性格の奇抜さからと考えることも、マモルの置かれた状況からの自然な判断と読むことも、もちろんできます。しかしここでは、先に述べた世代の視点を持ち込んで、読み解いてみましょう。

そもそもユキはかなりのテレビゲーム世代と見受けられます。一九八三年のファミコン登場を子供時代に迎えた人は、おそらくまだ珍しかったゲームを大勢でわいわいとシェアし、コミュニケーション手段として体感した経験があるはず。画面を見てプレイしながら、おしゃべりも楽しんでいるからこそ、「ぎろりと振り向い」たりといったゲームの仕様を超えた現象が体感されているわけです。画面上の攻防と会話のやりとりという複数チャンネルのコミュニケーションが、人称ごと一元化した感覚をとらえた描写の斬新さは特筆すべきです！　この感覚って、そこから現在に至る「ゲームが日常に普通にある」時代のものだと思うんです。そしてこの「日常感覚」こそが、コインの裏表やサイコロの目より近しい占いの媒体として、ゲームを選ばせた。

一方マモルは、中学のクラスで唯一のジャーマンスープレックスの使い手。クラスに何人もプロレスに熱くなっている奴がいるブームの只中《ただなか》、まず間違いなく技のかけ合いが行われたことでしょう。プロレスが強烈なヒーロー像を子供たちに提供しえた時代。ジャーマンスープレックスは古典かつ王道と言える大技で、当時の子供たちの憧れでした。体育の時間にマットが敷かれたり、修学旅行で布団がたくさんあったりすると、そわそわし始めた男子は多かった。草津喜楽館のマモルも、布団と気弱な後輩とやり場のない怒り、これら条件が揃った時に思わず決めてしまうところを見ると相当な筋金入りです。彼の言動にもそれは表れていて、事あるごとにセメント・出しきる・受けきる・しょっぱい・ヒールなどなど、プロレス的思考に基づいた周囲へのまなざしや解釈を見せています。

その最たるものが、「アングル」でしょう。プロレスにおける筋書き、対決へ繋がる因縁や関係性の絵図といった意味合いで、観衆はリングの上の闘いにアングルを重ね合わせ、そこに熱狂を見出すのです。この言葉がマモルの辞書にあったからこそ、彼はよりドラマティックに・かつ然《しか》るべき側が勝利を収めるシナリオを、さながらプロレスの対戦カード発表記者会見でのサプライズよろしくぶちあげる。翌日のスポーツ紙に衝撃よ走れとばかりに。勝負はかく演出されるべき、という彼のプロレス的美学が、クライマックスに波乱を呼び込んだと言えましょう。

と、そんなこと解説すんなよなーと同世代からはお叱りを受けそうな事を書き連ねてしまいました。いまだかつて読んだことのないこの素敵なストーリーに、アンコールの指笛（最近覚えました）を吹き鳴らしながら、ここらでお終《しま》いにしましょう。それでは。

【二〇一一年　追記】

それから事あるごとに指笛を吹いていますが、これを書いている二〇一一年春になっても、未だに僕の指笛は下手なままです。海外アーティストの来日公演や、地方の水族館でのアシカショー等々、つい盛り上がりかく在るべしと自分なりの演出を企てて、ここぞという時、上手く鳴るか鳴らないかの指笛に賭けてしまう。そしてその度に、この小説『夏休み』のことをちょっと思い出しています。

きっとそんな風に、多くの人の心に残っている作品なんですね。アンコールの声が拡がって、こうしてまた新たに文庫化されるのも、頷ける話です。

集英社文庫

夏休《なつやす》み

2011年6月30日 第1刷　　定価はカバーに表示してあります。

著 者 中村《なかむら》 航《こう》

発行者 加藤 潤

発行所 株式会社 集英社
東京都千代田区一ツ橋2-5-10 〒101-8050
電話 03-3230-6095（編集）
03-3230-6393（販売）
03-3230-6080（読者係）

印 刷 中央精版印刷株式会社 株式会社美松堂

製 本 中央精版印刷株式会社

フォーマットデザイン アリヤマデザインストア　　マークデザイン 居山浩二

ISBN978-4-08-746708-6 C0193